Diese Widmung und mein tiefster Dank gebührt all' jenen besonderen Seelen, die über die Jahre an meiner Seite standen und mich mehr, als einfach nur Mensch, sein ließen.

Benjamin Greulich

Untergang des Seins

Erster Schritt - Körper

www.tredition.de

© 2014 Benjamin Greulich

Umschlag, Illustration: Sabine Bergmann

Verlag: tredition GmbH, Hamburg

ISBN Paperback: 978-3-7323-0033-4
ISBN Hardcover: 978-3-7323-0034-1
ISBN e-Book: 978-3-7323-0035-8

Printed in Germany

Inhaltsverzeichnis

Prolog

Es gibt schreckliche Dinge auf dieser Welt. Dinge, die besser im Unbekannten begraben, verborgen bleiben sollten und niemand sollte je nach ihnen suchen, geschweige denn von ihnen erfahren.

Es war reiner Zufall, dass ich eines Tages auf eine eben solche Sache aufmerksam wurde.

Gibt es überhaupt so etwas wie einen Zufall?

Es ist vollkommen irrelevant. Seit diesem einen Morgen, im Frühling 1884, hat sich mein ganzes Leben gewandelt und ich glaube an nichts mehr. Alles, was einst real schien, ist für mich nunmehr wie eine Illusion. Ich glaube an keinen Zufall mehr, nicht mehr an das Gute, nicht an den Morgen, nicht einmal mir selbst glaube ich noch.

Ich schreibe dies als eine Warnung. Ein jeder, der meine Geschichte ließt, soll meine Warnung hören und sich an diese halten. Folgt nicht meinem Pfad, forscht nicht herum, als wäret ihr ein meisterhafter Detektiv oder dergleichen. Ich tat diesen Fehler und verlor alles und nicht nur mein Leben, denke ich. Nein, viel mehr ist es, dass verloren ging.

Ich fange am besten dort an, wo alles begann...

Mein Name ist Jacob Thomson. Hobby-Archäologe, Bibliothekar und seit neuestem Wahnsinniger. Ich wurde am 23.8.1861 in einem kleinen Dorf nicht weit entfernt von Arkham geboren. Meine Eltern waren Edward und Melissa, von ihren Freunden Molly genannt. Beide waren in meiner Kindheit den ganzen Tag arbeiten, so dass ich mich selbst beschäftigen musste.

Es heißt, Bildung wird vererbt, aber bei meinem Vater, Minenarbeiter von Beruf (von ihm habe ich es anscheinend, dass ich gern in Sand, Steinen und Schutt wühle), und meiner Mutter, einer einfachen Aushilfskraft auf dem Bauernhof meiner Tante, konnte man es wohl nicht anhängen, dass ich bereits mit 5 Jahren anfing Bücher zu lesen; und damit meine ich keine Bilderbücher. Meinen Wissensdurst erlangte ich wohl durch meine Großmutter. Sie war immer wie besessen von alten Geschichtsbüchern und nie ließ sie etwas unbekanntes oder unverständliches auf sich beruhen. Sie war es auch, die mir meine Neugierde in die Wiege legte, durch welche ich nun auf der anderen Seite des Lebens stehe.

Später, zu Schulzeiten, war ich sowohl ein Außenseiter, als auch Klassenbester. Zwei Dinge, die wohl unabdingbar einher gehen, aber ich nahm es in Kauf. Ich muss zugeben, dass es auch Spaß machte, andere Schüler mit ihrer Unwissenheit bloßzustellen.

Mein Körper konnte sich durch die zahllosen Schläge und die mangelnde Bewegung in meiner Jugend nie wirklich entwickeln; zwar bin ich normal groß gewachsen, meine Kraft lässt dagegen ein wenig zu wünschen übrig und meine Augen haben sich eher zurück- als ausgebildet. Wenn es einen Preis für die größte getragene Brillenstärke geben würde, würde ich ihn sicher gewinnen. Erst mit meiner Volljährigkeit erhielt ich von meinen Eltern meine erste richtige, an meine Bedürfnisse angepasste Brille, da die entsprechenden Gläser erst aus Italien bestellt werden mussten und die Kosten hierfür immens waren.

Soviel zu meinem Äußeren und meiner Kindheit. All diese Dinge zeigten mir aber, dass mein Platz in einer Bibliothek, einem Tempel voller Wissen, war. Nahrung, Energie und Kraft für das Gehirn, das nur darauf wartet entdeckt zu werden. Meine körperlichen Einschränkungen hielten mich von meiner zweiten Leidenschaft - der Archäologie - nie ab. Ich musste schließlich nicht zwangsweise die Person sein, welche die Spitzhacke führt, sondern nur derjenige, der die Funde durchsucht, untersucht und analysiert – was ohnehin meine Lieblingsbeschäftigung daran war.

Angefangen meiner Beschäftigung in Arkham nachzugehen, habe ich im Sommer 1879. Vorher war ich in der Dorfbibliothek tätig, welche von dem örtlichen Pfarrer betrieben wurde. In Anbetracht der Bibliothek von Arkham, glich diese mehr einem Abstellraum. Zu meiner Gunst empfahl mich der Pfarrer weiter, wo ich auf Grund meines Forscherdranges und meines Elans mehr erreichen konnte. Ausgenommen der Sichtung und Untersuchung alter Ruinen, arbeitete ich seitdem dort und habe gefühlt alle Bücher gelesen, wobei hin und wieder noch einige alte Schätze zum Vorschein kamen.

Es sollte eigentlich nicht schwer gewesen sein, etwas neues in diesen Räumlichkeiten zu finden. In der großen Halle standen beidseitig gut 20 Regalreihen à vier oder fünf Schränken in die Breite, welche bestimmt 2,5 Meter hoch waren. Sie überragten mich jedenfalls immer um ein paar Köpfe und für die schweren Wälzer im obersten Fach musste ich immer die kleine Leiter aus dem Büro holen. Die Wände bestanden ebenfalls aus Bücherregalen und in der Mitte des Saales lag ein roter Teppich aus, der von dem Tore bis hin zum anderen Ende, wie zu einem Altar, zu den älteren und besonderen Büchern führte wie z.B. einer Bibel, die so aussah, als könne sie das erste geschriebene Werk der Menschheit sein.

Ansonsten war die Decke und der Rest der Wände kahler, blanker Stein, aber wenn es draußen stürmte und ich noch tief nachts an einer der Tischgruppen saß und mein Haupt über ein Buch lehnte, war es doch sehr angenehm und gemütlich, zwischendurch den Lichtspielen der Kerzen zuzusehen, wie sie mit dem Winde tanzten, sobald ein Luftzug durch einen der zahlreichen Ritzen und Spalten fegte.

Zu schade, dass ich nun von all dem nichts mehr sehe oder merke...

Mein damaliger Arbeitgeber war Leiter einer archäologischen Forschergruppe. Wir kannten uns nicht lange, bis er mich für die erste Ausgrabung engagierte. Phillip Davidson war sein Name. Er war oft für längere Zeit abwesend, manchmal sogar einige Wochen, so dass ich genug Zeit für meine eigenen Interessen dort besaß. Zwar hatte ich sonst ebenfalls meine Freiheiten, aber meist bestellte er nur die Bücher, die ihm selbst lagen oder ich sollte die meiste Zeit sortieren und katalogisieren. Er war ein Romantiker, was in meinen Augen unbegreiflich war. Es war mir wirklich schleierhaft, wie eine Person die eigene Zeit für solche Bücher opfern konnte, die nicht von den wahrhaftigen Dingen des Lebens oder Seins handelten.

Wenn wiedermal eine alte Ruine entdeckt und uns Bescheid gegeben wurde, war er auch immer derjenige, der die Rollen verteilte, auch wenn diese schon aus alten Begebenheiten feststanden. Jacob: immerhin 2. Analytiker, David: Lagerverwaltung und um dessen Aufbau kümmern, Sophie: Dolmetscherin und Verantwortliche für das Übersetzen von alten Texten. Soweit hatte alles auch seine Richtigkeit; jeder bekam die Aufgabe, die für ihn am besten geeignet war, wenn nur nicht die Kommandos und Befehle gewesen wären. Phillip war natürlich derjenige, der die Funde als erster bestaunen durfte, auch wenn meine Kenntnisse über die Zeit hinweg den seinigen deutlich überlegen waren. Die restliche Besatzung variierte je nach Ort, da jede normale Person eine Hacke oder einen Spaten effektiv nutzen konnte - nur wir waren ein festes Team.

Zur Erklärung der einzelnen Personen: David O'Green war eigentlich ein einfacher Kaufmann, dessen Familie vor langer Zeit aus Irland immigrierte. Er führte ein kleines Geschäft in einer ländlichen Stadt, die einige Meilen entfernt von Arkham lag. Man sah ihn nur bei einer Ausgrabung oder ähnlichem. Der Briefverkehr war üblicher Weise der einzige Weg, mit ihm Kontakt aufzunehmen und ihn über Einzelheiten zu informieren.

Sophie, Roth mit Nachnamen, war Lehrerin in der Ganztagsschule von Arkham. Auch sie sah man kaum, obwohl sie weder verheiratet war noch Kinder besaß und die Arbeit ihre einzige Beschäftigung war. Ihr genaues Alter war jedem unbekannt, ebenso wie ihre Lebensart; niemand war je bei ihr zu Hause und Einladungen lehnte sie stets strikt ab. Äußerlich hatte sie die Erscheinung einer 24-Jährigen. Ihre langen, schwarzen Haare trug sie meist zu einem Knoten hochgesteckt und besaß eine traumhafte Figur. Trotz ihres vermutlichen Alters, verkörperte sie eine Reife, die auf ein wesentlich höheres Alter schließen ließ. Diese Umstände machten sie zu eine der unheimlichsten Personen, die ich je kennenlernen durfte, wobei sie auch eine gewisse Anziehung ausstrahlte – rein intellektuell, versteht sich.

Im Frühling 1884, genauer am 18. März, erreichte ein Brief der Miskatonic-Universität die Bibliothek. Phillip war gerade erst von einer Geschäftsreise zurückgekehrt und beachtete den Brief zunächst nicht, woraufhin ich ihn als sein Stellvertreter öffnete. Ich überflog die ersten Zeilen und sogleich überkam mich ein Gefühl von Unbehagen. Es ging um eine Ausgrabung oder einen Fundort auf einer kleinen Insel in der Karibik. Außer mir vor Freude, lief ich sofort zu Phillip und berichtete ihm von dem neuen Auftrag. Es schien der Universität äußerst wichtig zu sein, denn die Grabungs-stätte wurde, wie ferner im Brief beschrieben, le-diglich einige Tage zuvor entdeckt und üblicher-weise dauerte es Wochen wenn nicht gar Monate, bis der mögliche Gewinn abgeschätzt wurde und dann eventuell eine Expedition entsandt wurde; ebenso die Vergütung war unnatürlich hoch, doch wir dachten uns nichts dabei. Es musste an den Gefahren auf dem Seeweg gelegen haben oder ei-ner längeren Reise oder dass es bereits sicher war, dass diese Mission sehr ergiebig sei, überlegten wir uns.

Am nächsten Tag lief Ich mit Phillip zusammen durch die Straßen von Arkham. Es war ein schö-ner, lau-warmer Frühlingstag, ein frischer Wind hauchte durch die Gassen und die Vögel sangen zum Sonnenschein, der die Kühle des Windes ab-hielt.

Ich mochte diese Stadt sehr, denn das Verhältnis zu den Bewohnern war meist Familiär, obwohl man die Person mit der man redete, nicht einmal kennen musste. Die Häuser und Straßen waren sehr verwinkelt aufgebaut, wodurch man Nachts durchaus Angst bekommen konnte, wenn man durch die Gassen nachhause schlenderte. Nichts desto trotz gab es nur eine geringe Verbrechensrate und es war einfach nur entspannend, sich in ein Café zu setzen, einen Kaffee zu trinken und den

Duft der Rosen eines kleinen Gartenbeets zu genießen. Schlicht und einfach „The Corner" hieß das
Café, in dem ich immer genau diesen Genuss er-
lebte. Auch an dem Tag, an dem wir Sophie aufsu-
chen wollten, lud ich meinen Kollegen und Freund
auf einen Kaffee ein, da wir ohnehin an dem Café
vorbei liefen. Ich freute mich zwar darauf, wieder
einmal aus der Stadt zu kommen, allerdings war
mir immer etwas mulmig und wollte das Liebste
noch einmal erleben, bevor es eines Tages nicht
mehr möglich wäre.

Wir beide setzten uns an einen Tisch, bestellten
und unterhielten uns über alle wichtigen und un-
wichtigen Belange dieser Welt, bis nach einer halb-
en Stunde des vertieften Gesprächs Phillip plötzlich aufsprang und mir auftrug, zu Sophie zu gehen. Er hat etwas vergessen und musste noch einmal zurück, sprach er, bevor er davon lief. Verdutzt schaute ich ihm nach und runzelte die Stirn.
Solch ein Verhalten lag ihm normalerweise nicht.
Selbst wenn er etwas vergaß, ließ er sich Zeit, denn
er war stets der Meinung, wenn man etwas vergaß,
konnte es nichts wichtiges gewesen sein und könne später besorgt oder erledigt werden. Ich störte
mich nicht weiter daran und trank vorerst weiter
an meinem Kaffee und schloss die Augen, um meine innere Unruhe zu dämpfen.

Daher träumend entschwand ich für einen Moment der Realität, kurz gesagt: ich schlief ein. Zu meinem Glück nicht lang, doch es erschien mir wie Stunden. Seltsame Träume huschten vor meinen Augen umher; Träume von einem Schneemeer, in dem ich einsam und allein umher irrte, bis ich wohl erfror – nächste Sequenz: ein Schiff, das Meer bebte, ein heftiger Sturm tobte und brachte das Schiff fast zum kippen – plötzlich färbte sich das Meer schwarz und das Schiff neigte sich erneut zur Seite, viel stärker als zuvor. Dann erhob sich eine riesige, fischartige Kreatur, so schien es, aus dem Wasser. Es hatte Arme wie ein Mensch, Schuppen wie ein Fisch, ebenso Kiemen und Schwimmhäute. Ich fiel und hörte nur noch einen ohrenbetäubenden Schrei eben dieser Kreatur und alles, was ich danach noch sah, war grelles Weiß und ich erwachte mit Herzrasen. Die Bedienung des Cafés kniete neben mir mit einem feuchten Handtuch in der Hand, weil ich augenscheinlich vom Stuhl fiel. Freundlich ablehnend erwiderte ich ihr, dass es mir gut ging und nur eingenickt war. Mit einem noch schlechterem Gefühl im Bauch und Gedanken über diese doch sehr real erscheinenden Träume, lief ich los zu der Schule, in der Sophie arbeitete.

Das Haus stand kurz vor dem Verfall. Dunkler Ruß bedeckte die freien Stellen der Wände, an denen ausnahmsweise kein Efeu war, der sonst bis über das Dach hinaus wucherte. Wenn man nicht wusste, dass dies eine Schule war, hätte man denken können, dass eine Hexe darin lebte, auch wenn es dafür entschieden zu groß war und sich mitten in der Stadt, nahe dem Marktplatz, befand. Von innen war die Schule dagegen sehr gemütlich und sauber eingerichtet. Der Boden war immer frisch geputzt und die Scheiben waren klar, wie frisches Wasser.

Vor dem Lehrerzimmer schaute ich mich in aller Ruhe um, um mich von meinen Gedanken abzulenken, während ich auf Sophie wartete. Nach gut vierzig Minuten erschien sie endlich und ich berichtete ihr von dem Brief und dass wir schon sehr bald aufbrechen mussten. Noch in der Schule schrieb Sophie einen Brief, in dem stand, dass sie an einer Grippe erkrankt sei und warf diesen auf unserem Weg zu ihrem Haus ein. Kurz bevor wir unser Ziel erreichten schickte Sophie mich fort. Mit harschen Worten sagte sie kurz, dass ich nach Phillip schauen und meine Sachen packen sollte. Wir würden uns früh am nächsten Tag am Marktplatz treffen und von dort aus aufbrechen.

Kurzentschlossen ihrer Aufforderung beizukommen, zog ich von dannen, den Wind stärker als zuvor im Nacken und mit ebenso schlechteren Gedanken im Kopf. Der Himmel zog sich bereits zu; Wolken bedeckten den Himmel und färbten diesen grau-schwarz – ein Gewitter zog auf.

Auf den letzten Metern zurück zur Bibliothek, wo ich dachte Phillip finden zu können, blitzte und donnerte es hinter meinem Rücken. Jedes mal, wenn ein Schlag ertönte, zuckte ich zusammen; dachte, ich wäre getroffen worden. Durchnässt von heftigem Regen, der kurz nach dem ersten Grollen begann, betrat ich die Bibliothek. Stille herrschte im ganzen Gebäude, nur die Fenster schlackerten vom Wind und das Prasseln des Regens auf den Scheiben war matt zu vernehmen. Ich stand einen Augenblick regungslos und still dar. Ich lauschte, ob ich Phillip vielleicht hören würde, aber: nichts. Langsam in das Arbeitszimmer stapfend, dachte ich, er könne ja eingeschlafen sein aber auch dort war er nicht anzutreffen.

Nicht weiter darüber nachdenkend, zündete ich eine Kerze an und ging schließlich in den Abstellraum und suchte einige nützliche Dinge zusammen, die wir für die Expedition brauchten. Eine alte Öllampe fiel mir fast aus den Händen, als nach einigen Momenten Rufe von jemandem durch die Straßen hallten; doch die Wände waren zu dick, als dass ich etwas hätte verstehen können. Zögernd begab ich mich in den Hauptbereich in die Nähe der Tür. Es war wieder nur der Wind und der Regen zu hören. Schultern zuckend wollte ich mich

gerade wieder abwenden, als es plötzlich mit heftigem Schlag gegen die schwere Eichentür polterte.
Erschrocken starrte ich zur Tür, konnte aber nichts
tun, als wie angewurzelt dort zu stehen, bis ich
Phillips Stimme hörte und er mir befahl, umge-
hend die Tür aufzuschließen.

Er fiel sofort herein, klitschnass vom Regen und
schneeweiß, als wäre er seinem größten Schrecken
begegnet. Irgendetwas wirres und unverständliches murmelnd, sank er zitternd zu Boden. Ich eilte sofort los, um Wasser und ein Handtuch für ihn
zu holen, um ihn wenigstens ein bisschen abzu-
trocknen und ihn auf die Beine zu bringen. Als ich
ihm das Wasser reichte, reagierte er nicht, schaute
weiter apathisch mit weit aufgerissenen Augen in
den leeren Saal hinein und biss sich seine Lippe
blutig. Er war nicht zu beruhigen, also fasste ich
ihm an die Schulter, um ihn auf den Rücken zu legen und ihm vielleicht etwas Wasser einzuflößen,
doch als ich ihn berührte, überwältigte er mich,
warf mich auf den Rücken, griff mich fest an meiner Schulter und streckte seinen Kopf direkt vor
den meinen. Sein Mund war aufgerissen, als wollte
er schreien doch kein Laut verließ seine Kehle. Be-
freien konnte ich mich auch nicht, also starrte ich
nur voller Angst in sein Gesicht, während ich versuchte, ihn von mir zu drücken. Sein Anfall hielt
nicht lange an. Er zuckte einmal mit all seinen

Gliedern und fiel danach zu Boden – ohnmächtig wahrscheinlich. Übermannt von der Situation, zog ich ihn erst einmal auf die Bank, die neben der Tür zum Arbeitszimmer stand. Ich versorgte ihn die ganze Nacht über mit feuchten Handtüchern, denn seine Stirn glühte förmlich. „Vielleicht ist er krank geworden?" dachte ich, doch das Wetter war all die Tage gut, nur an diesem einen Tag gab es das Gewitter und so geschwind konnte eine Person nicht erkranken. Er faselte noch immer von allerlei wirren Dingen, die aus einer anderen Sprache zu stammen schienen. Mein Notizbuch hatte ich einen Tag zuvor auf einem der Tische liegen lassen. Sofort holte ich es und begann die wenigen verständlichen Dinge niederzuschreiben, die er von sich gab. Er wiederholte sich oft; es klang beinah wie eine Art Botschaft oder mehr eine Drohung.

Seine Worte waren etwas wie: „kommen holen … erwachen … … Opfer … die Alten … Familie … Untergang" und andere Wortfetzen, die keinen Sinn ergaben; immer in verschiedener Reihenfolge.

So sehr ich mich auch bemühte und angestrengt hinhörte; ich konnte kaum mehr verstehen und irgendwann übermannte auch mich der Schlaf. Als ich aufwachte, war es bereits gegen Mittag und Phillip lief aufgeregt hin und her um die verbliebenen Sachen für unseren Ausflug bereit zu stellen. Unser Zeitplan geriet durch den Vorfall in der

Nacht ein wenig durcheinander. Verwirrt beobachtete ich ihn; ich wollte sehen, ob er sich merkwürdig verhielt oder noch immer von den Dingen redete, aber er gab keinen Ton von sich. Mit einem großen Bündel Pinseln unter dem Arm blieb er auf halbem Wege hinaus stehen und drehte sich zu mir um. „Geht es dir gut?", fragte er mit runzelnder Stirn und fügte hinzu: „Du schaust mich an als wenn ich etwas absonderliches tue.". Zögernd und noch verwirrter erwiderte ich, dass alles gut sei. Scheinbar vergaß er was geschah, aber ihn darauf ansprechen wollte ich nicht so schnell, da eine Erklärung zu viel Zeit gekostet hätte. Also erhob ich mich nur und half Phillip bei der Bereitstellung.

Mit einem Karren in Phillips Händen, liefen wir zu meiner Wohnung, um die restlichen Kleidungsstücke meinerseits zu holen. Auf dem Weg schaute ich durch die Straßen, da ich dachte, ich könne vielleicht etwas sonderbares erspähen, zum Beispiel eine Person die uns beobachtete oder etwas das in der Nähe der Bibliothek lag um ein wenig Aufschluss darüber zu geben, was am Abend geschehen war. Wie zu erwarten waren keine Spuren vorhanden, also stieg ich weiter Ahnungslos in mein Haus um zu packen.

Hiernach brachen wir zum Marktplatz auf, ich mit einem schweren Koffer in der Hand und Phillip den knarrenden, alten Karren vor sich her schiebend. Sophie erwartete uns bereits. Sie war offensichtlich sehr erbost über unsere Verspätung. Ohne eine Begrüßung oder dergleichen, lud sie eine Tasche, einen Koffer und ein Bündel Bücher auf den Karren. Auch auf Fragen antwortete sie nicht und hielt ihre Lippen gespitzt, was sie immer tat, wenn etwas nicht wie geplant verlief.

Nun fehlte nur noch David und wir konnten aufbrechen. Auf Grund der Eile hat er wohl nichts erfahren und wir hofften, er könne uns spontan begleiten. Wir liehen uns eine Kutsche, die uns samt Gepäck zu der Stadt bringen sollte, in der David seinen Laden betrieb.

Die Fahrt dauerte über zwei Stunden. Sophie beruhigte sich zum Glück schnell wieder als wir in der Kutsche saßen, so dass man sich wenigstens Unterhalten konnte. Ich versuchte stets eine passende Gelegenheit zu finden, Sophie zu befragen, was wohl die merkwürdigen Worte von Phillip bedeuteten, doch die Gespräche beliefen sich meist auf das Geschehene der letzten Tage. Endlich kam es zu dem Thema der alten Kulturen und ich konnte meine Fragen stellen. Verdutzt blickten mich die Beiden sprachlos an und Sophie fing kurze Zeit später an zu lachen. Sie meinte ich hielt es für einen Scherz, um sie in Verlegenheit zu bringen, auch Phillip ließ sich nicht anmerken, dass er wüsste, worüber ich spreche. Es war wohl kaum hilfreich, dass ich mich nur noch schwach an die gestammelten Wortfetzen erinnern konnte. Ich Ignorierte die Situation einfach und schaute zur Seite aus dem Wagen hinaus und beobachtete die grünen Felder, die Hügel in der Ferne und die weißen Wolken, die vereinzelt am Himmel standen. Sophie und Phillip scherzten noch eine kurze Weile über meine Frage, unterhielten sich danach aber weiter um die großen Mythen dieser Erde.

Erneut entfloh mein Geist in den Schlaf und wieder suchten mich merkwürdige Träume heim, aber diesmal waren sie realistischer, spürbarer und als ob ich mich tatsächlich an einem anderen Ort befand. Ich konnte mich umsehen, nahm alles was ich sah, roch und fühlte, mit vollem Bewusstsein wahr. So stand ich inmitten eines Sumpfes, umgeben von dichten Bäumen und fauligem Gestank. Über mir das dichte Blätterwerk der hohen Bäume, durch die sich vereinzelt ein Lichtstrahl seinen Weg bahnte – eigentlich ein traumhafter Anblick. Vor mir befand sich eine Lichtung, wo ich durch die Bäume hinweg ein Gebilde aus Stein erkennen konnte. Es war schwer, durch den schlammigen und von Moos bedeckten Morast zu stapfen. Es fühlte sich gar so an, als wollte der Boden mich festhalten. An der Lichtung angekommen, sah ich das Gebilde, welches sich nun als Altar herausstellte. Runen waren darauf gezeichnet und überall verteilt standen die Buchstaben „I'ä"; der Rest war nicht zu entziffern. Ich trat näher, um mehr erkennen zu können, doch ich hörte plötzlich das Brechen eines Astes wenige Meter hinter mir. Rasch drehte ich mich um, mit meinem Herzschlag pochend im Hals und aufgerissenen Augen. Hastig versuchte ich die Herkunft des Geräuschs ausfindig zu machen. Ich blickte nach links, blickte nach rechts, selbst in die Höhe schaute ich voller Verwirrung und Angst aber nichts war zu sehen. Gerade, als ich begann mich zu beruhigen, sprang eine vermummte Gestalt aus dem Schatten eines Baumes hervor. Mit drei großen, schnellen Schritten und einem Hechtsprung, hatte sie mich schneller erreicht als ich reagieren konnte. Ein Schritt zurück schaffte ich noch, aber ich fiel dennoch, gestolpert über einen Stein. Ich fiel direkt auf den Altar, mein Kopf schmerzte beim Aufschlag auf die kalte, harte Oberfläche. Nichteinmal die Augen geöffnet, packte mich die Gestalt an der Kehle und würgte mich. Ich erspähte gerade das knöcherne, fast formlose Gesicht meines Angreifers, da erhob er seinen Arm und rammte ein Dolch in Richtung meines Gesichts.

Nächster Traum: Dunkelheit, muffige Luft, ein feuchter Boden. Es war nichts zu erkennen. Auf dem Boden kriechend tastete ich mir einen Weg. Laufen konnte ich nicht; es schien, als wären meine

Beine abgestorben. Ein taubes Gefühl durchströmte meinen ganzen Körper bis hin in die letzten Glieder. In der Ferne erstrahlte plötzlich ein grelles weißes Licht. Ich hielt meine Hand vor meine Augen um sie zu schützen und kroch weiter gen Licht; dachte, es wäre ein Ausgang. Trotz des Lichtes war nichts von meiner Umgebung zu erkennen. Wo das Licht hinfiel, war es weiß, dort wo es nicht hin gelang, weiterhin Schwarz. Ich kam dem Licht immer näher, doch es schien sich wieder zu entfernen in unerreichbare Weite, bis etwas schweres mein Haupt traf. Mit einem schweren Ächzen auf den Boden fallend, war ich nun vollends gelähmt und alles um mich herum wurde auf einen Schlag Licht, so als wäre ein Blitz vor meinen Augen eingeschlagen.

Durch den Schrecken aufgewacht, schnellte ich zitternd und nach Luft schnappend aus meinem Sitz hervor. Verdutzt von Sophie und Phillip angeschaut, entschuldigte ich mich und wehrte alle eventuellen Fragen damit ab, dass ich einen Albtraum gehabt hätte, was schließlich auch nicht gelogen war. Sie sorgten sich dennoch um mich, denn mein Gesicht glich Kreide und kalter Schweiß bedeckte meine Stirn. Ich versuchte mich zu beruhigen, indem ich mich in den Sitz niedersinken ließ und die Natur in der stillen Hoffnung betrachtete, mich würde der Schlaf nicht wieder einholen.

Die ganze Fahrt über wanderten meine Gedanken umher, darüber rätselnd, welche Bedeutung es geben möge. Zuvor wurde mein Geist nie von derartigem belästigt. Schließlich verdrängte ich einfach meine Gedanken und ersuchte das Gespräch. Wirklich reden tat ich allerdings nicht, ich wollte lediglich Ablenkung und bemühte mich Phillip und Sophie aufmerksam zuzuhören.

Nach einiger Zeit fuhren wir endlich an den steinigen Feldern der Stadt vorbei und machten am Marktplatz halt. Von dort aus dauerte es nur noch wenige Minuten, bis wir zu Fuß das Geschäft von David erreichten. Die Stadt war ländlicher gestaltet als Arkham. Hier gab es nur wenige große Gebäude und gerade mal eine kleine Schule für alle Kinder der Stadt, oder eher des Dorfes. Direkt am Marktplatz stand der große Kirchturm, welcher eindrucksvoll seinen langen Schatten über uns warf. Neben all den niedrigen Häusern sah dieser Turm so aus, als sei er riesig, dabei war er kleiner und weniger verziert und ausladender, als alle anderen Kirchen, die ich bisher zu Gesicht bekam.

Die Rillen zwischen den Steinen der Straße waren mit Erde und Dreck der Pferdekarren zugesetzt, die gerade vom Feld kamen – man roch es überall, dass man hier auf dem Land war. Ich habe es schon immer gehasst. Dafür schienen die Bewohner des Dorfes aber wesentlich glücklicher zu sein im Vergleich zu den Einwohnern des Dorfes in dem ich aufwuchs. Sie hatten zwar keinen Reichtum, wie die Leute aus der Stadt, wie unschwer zu erkennen war an ihrer Kleidung oder an dem Angebot der wenigen Läden, doch man wurde von einem jeden freundlich begrüßt.

Als wir schließlich Davids Laden erreichten erblickten wir an der Tür des Hauses ein kleines Schild, auf dem stand, er sei gleich zurück, also warteten wir. Dies war der erste Moment, an dem ich mich beobachtet fühlte. Ich versuchte unauffällig zu bleiben, doch konnte ich es nicht unterdrücken, hastig zu meinen Seiten zu blicken. Sophie bemerkte meine Nervosität und schaute sich zunächst ebenfalls um, bis sie mich fragend anblickte. Ich sah nur regungslos zurück, als wäre nichts gewesen, schaute dennoch ab und an zaghaft in die leeren Straßen. Bei jedem noch so kleinen Laut, sei es ein Flügelschlag oder der Gang eines Hundes gewesen, erschrak ich und fixierte reflexartig die Stelle, von der das Geräusch hertönte.

Endlich tauchte David auf. Eine große Kiste auf seinen Armen transportierend, trat er mit schwerem Schritt um die Ecke, etwa eine Kreuzung entfernt von uns. Schnaufend und mit gesenktem

Kopf lief er uns entgegen. Als er uns sah, machte sich ein breites, freundliches Lächeln in seinem Gesicht auf und sein Gang beschleunigte sich. Nach einer kurzen Begrüßung öffnete er uns die Tür und bat uns herein.

Der Laden war typisch eingerichtet: einige Holzregale an den Wänden, in denen Konservendosen gestapelt standen, einige Kisten voll Obst und Gemüse in der Mitte und eine kleine Theke mit einer Kasse gegenüber der Tür. David verschwand kurz, um die Kiste, die er noch trug, in den Hinterraum zu bringen. Versammelt im Laden fragte er uns, was das plötzliche Auftauchen bedeutete, obwohl er sicher bereits ahnte, worum es sich handelte. Phillip erläuterte ihm kurz die Situation und David zögerte nicht lang und bestätigte seine Mitreise. Er ging in ein Haus neben seinem Laden, damit sein Nachbar während seiner Abwesenheit auf das Geschäft achtete.

Seine Dinge die er brauchte, waren schnell gepackt; einige Hosen und Hemden, ein wenig Wegproviant und eine Liste mit den Werkzeugen, Gerätschaften und sonstigen Gegenständen, die wir noch benötigten. Scheinbar hatte David zu jeder Zeit eine vorgefertigte Liste zur Hand für jedwede Art Expedition. Nur einige Kleinigkeiten ergänzte er in Eile auf das alte, vergilbte Blatt mit seiner Feder, die aussah als sei sie seit Generationen im Besitz seiner Familie.

Zurück bei der Kutsche verstauten wir das zusätzliche Gepäck und stiegen auf. Wiedereinmal überkam mich das Gefühl, von etwas unheimlichem beobachtet zu werden, doch es war so weit das Auge reichte nur das normale Dorftreiben zu sehen. Es gab keine Person die uns anschaute oder auch nur stehen blieb, kein Schatten der vorbeihuschte, nicht einmal der Wind wehte in diesem Augenblick.

Verwirrt auf der Bank sitzend schaute ich mich ängstlich um, versuchend etwas zu entdecken, was mir dieses Gefühl gab. Als ich die Blicke der anderen sah, versuchte ich mich zwangsweise zu beruhigen.

Bevor wir letztendlich zu unserer Reise aufbrachen, fuhren wir zunächst zu einem kleinen Geschäft etwas außerhalb des Dorfes. Dort konnte man all die Dinge kaufen, die wir benötigten - zudem war David mit dessen Betreiber befreundet, so kamen wir günstiger an unsere benötigten Waren. Ich konnte Thomas, so hieß der Inhaber, allerdings nie besonders leiden. Er hatte einige Eigenarten, die ich nicht einmal sonderlich gut beschreiben kann. Vielleicht lag es an seinem Erscheinungsbild: ein älterer Herr mit stattlicher Statur, graues, fettiges Haar, das bis zu seinen Schultern reichte und Kleidung, die scheinbar schon viel erlebt hatte, was ebenfalls zu seiner verbrauchten und vernarbten Haut passte. Sein Humor war wie zugeschnitten auf sein eben beschriebenes Äußeres; dreckig, verroht und einfach. Aber immerhin war er freundlich - merkwürdig, aber freundlich.

Als wir mit der Kutsche vor dem Laden anhielten, saß Thomas vor seinem Gebäude und schlief allen Anschein nach. David gab kurz Bescheid, dass er kurz unsere Besorgung erledige und dass wir warten sollten, also blieben wir sitzen. Sophie und Phillip unterhielten sich weiter, während ich David beobachtete, wie er zu Thomas schlenderte und versuchte, ihn zunächst mit leichten Worten zu wecken. Er wachte allerdings nicht auf, so dass David ihn erst leichter anstieß, um ihn schließlich doch mit einem scheinbar heftigen Ruck aus dem Schlaf zu reißen.

Hochgeschreckt, blickte Thomas entgeistert in alle Himmelsrichtungen. Er sah David gar nicht, wie er mit verschränkten Armen neben ihm stand. Erst nach einer Weile schaute er David blass und regungslos an, bis er realisierte, wer dort vor ihm wartete. Lachend begrüßte David Thomas herzlich und schließlich war auch Thomas einigermaßen aufgewacht, sodass er nicht unfreundlicher seinen Besuch begrüßte.

Ich hörte aus der Kutsche ihre Stimmen nur wie Geflüster, aber was ich verstand war, dass David erklärte, dass wir auf einer wichtigen Expedition waren und wir uns beeilen müssten, als er das Papier mit den benötigten Waren überreichte. Thomas verschwand schnell in seinem Laden, nachdem er noch einen finsteren Blick in unsere Richtung warf. Warum, wusste keiner von uns. Als Thomas wieder erschien, hatte er eine große, schwere Holzkiste auf seine Arme geladen, die er sogar freundlicherweise in den Laderaum der Kutsche verstaute. Nach einem kurzen Abschied, fuhren wir schließlich los gen Süden

Kapitel 1: „Reise, Reise"

Schon nach einigen Meilen machten wir an einer Herberge halt, da die Nacht allmählich hereinbrach und jeder von uns, einschließlich der Pferde, die Ruhe brauchte. „Zum tänzelnden Eber" hieß sie schlicht. Von weitem aus waren bereits die lauten Stimmen der Betrunkenen zu vernehmen, doch war der Weg bis zu der nächsten überdachten Schlafmöglichkeit weit und die Pferde hätten kaum mehr einen Meter geschafft.

Übermüdet stiegen wir alle aus der Kutsche heraus, hinein in die Herberge. Es war ein schönes, altes Gebäude. Die Leuchter, die mit der Hilfe von Ketten an der Decke angebracht waren, verstreuten ihr Licht mit einer sanften Wärme im ganzen Saal. Ihre Schatten tanzten langsam, durch den Wind getrieben, in Einklang zu den Lauten einer Gitarre, die von einem Mann in der Ecke stammten, der verträumt alte Folklieder spielte. Der angenehme Geruch von Braten stieg einem direkt bei dem ersten Schritt über die Türschwelle in die Nase. Tagsüber war es zwar warm, doch wurde es in der Nacht recht kühl, vor allem, wenn man ohne Bewegung umher fuhr. Getrieben von Hunger beschlossen wir, an einem der Tische platz zu nehmen und uns vor dem Schlafen gehen ein Mahl zu genehmigen. Nach der Bestellung schauten wir uns ein wenig genauer um. Vor dem großen Kamin saßen einige Wanderer, die sich lautstark unterhielten. Zumindest sollte es wohl eine Unterhaltung sein, denn verstehen konnte man ihr volltrunkenes Gerede nicht. Der Wirt stand hinter der Theke und sprach dort mit einigen Besuchern, die allesamt normal schienen, wie die meisten anderen Menschen auch. Bis auf eine Ausnahme, die auf dem hintersten Platz der Theke ihren Platz fand. Kurz nach uns betrat die finstere Gestalt die Herberge mit einer Kapuze, die bis weit über das Gesicht ragte. Scheinbar sollte man seine Augen nicht erkennen, jedenfalls waren nur die groben Umrisse des Mundes zu erkennen.

Schweren Schrittes lief die Person zielstrebig dem Hocker zu. Sich fallen gelassen, saß die Gestalt regungslos dort und mir kam es so vor, als schaute sie in unsere Richtung. Die Neigung des Kopfes war zwar nicht in unsere Richtung gelenkt, aber die Augen hätten uns sehr wohl erfassen können. Der Wirt blickte zögernd zur Seite und wartete zunächst wohl auf eine Regung seines neuen Gastes, doch dieser regte sich weiterhin nicht. Als der Wirt zu ihm lief, stieß ich Sophie, die neben mir saß, unauffällig an, um sie auf diese Gestalt aufmerksam zu machen. Sie reagierte allerdings nicht, woraufhin ich sie ansprach, aber als wir beide zur Theke blickten, war die Person bereits spurlos verschwunden und der Wirt stand an dem Regal hinter der Theke um seinen anderen Gästen nachzuschenken.

Sophie schaute zweifelnd mit einer hochgezogenen Augenbraue in meine Augen und wendete sich danach mit einem Runzeln auf der Stirn und einem Schütteln des Kopfes ab. Verwirrt suchte ich mit hastigen Blicken den gesamten Raum ab, aber die Gestalt war verschwunden – spurlos. Verunsichert versank ich in meinem Stuhl, noch immer den Raum absuchend.

Schließlich wurde unsere Mahlzeit von der kräftig gebauten Bedienung gebracht. Sie stellte jedem von uns einen Teller vor und nahm sich danach einen Stuhl und setzte sich an das Ende des Tisches, direkt neben mich. Sie war blond und hatte ein freundliches, breites Grinsen auf ihrem Gesicht entfaltet. Freudig befragte sie uns über unsere Absichten, wo unser Ziel denn wäre und noch allerlei Dinge, die unsere Reise betrafen. Bei ihr wurde sofort ein Gefühl der Mütterlichkeit vermittelt. Ein Gefühl, das ich selten, um nicht zu sagen nie erlangte, wenn ich eine fremde Person kennenlernte, doch sie war einfach nur herzlich, um es in einem Wort zu beschreiben. Nach den Stunden des Umherfahrens tat das Essen wahrlich gut. Wärme breitete sich in meinem ganzen Körper aus und meine

Laune steigerte sich drastisch, woran das Bier wahrscheinlich nicht ganz unschuldig war.

Drei Humpen Bier später, mieteten wir letztlich einen kleinen Schlafsaal für uns, da sonst alle Zimmer vergeben waren, und stiegen die alten, hölzernen Treppen empor. Unser Kutscher hatte sich bereits zuvor für den Abend verabschiedet und sich dazu entschlossen, in der Kutsche zu übernachten. Jeder Schritt knackte und knirschte unter unseren Füßen und es fühlte sich an, als ob die Stufen beinahe zusammenbrachen. An unserer Tür angelangt, stecke Phillip den Schlüssel in das Schloss und drückte die schwere, knarrende Tür mit ganzer Kraft auf. Mir fiel erst in diesem Moment die hohe Feuchtigkeit der Luft auf, die die Tür verzogen haben musste. Ebenso kraft aufwendend schloss er diese auch wieder, als wir uns alle im Zimmer befanden. Lediglich eine Kerze auf einem Tisch spendete spärlich Licht um die Betten zu finden. Der Saal war passend zur Herberge eingerichtet; stabile hölzerne Betten standen an den Seiten des Raumes und ein großer, langer, brauner Teppich lag auf dem Boden.

Sophie ging zielstrebig auf das einzige alleinstehende Bett zu und setzte sich auf dieses, während David, Phillip und Ich ausmachten, wer wo schlafen sollte. Wir unterhielten uns danach nicht mehr sonderlich, da jeder von uns nun endgültig müde und erschöpft war.

Draußen regnete es und die dicken Tropfen prasselten gegen das schwere Eichenfenster. Eine Melodie, zu der man gut in den Schlaf entschwand. Dementsprechend schnell graute bereits der Morgen und die Bedienung des Abends klopfte gegen die Tür um uns zum Frühstück zu wecken.

Verschlafen und noch immer leicht erschöpft stiegen wir kurzum aus unseren Betten und zogen uns an; bereit dafür, gleich nach dem Frühstück weiterzuziehen.

Neben uns waren noch zwei weitere, wesentlich größere Gruppen, die über Nacht geblieben sind. Sie saßen bereits an den Tischen und nahmen ihr Essen zu sich. Wir ließen uns an dem Tisch, der sich am nächsten zum Kamin befand, nieder und es dauerte nicht lange, bis die freundliche Bedienung uns begrüßte, während sie uns einige überfüllte Platten brachte. Die erste mit fünf verschiedenen Sorten Brot, die nächste: eine Käseplatte mit Trauben dekoriert, dann eine Fleischplatte mit Wurst und Schinken. Es war so viel, dass wir nicht schafften alles aufzuessen, obwohl das Dargebotene äußerst köstlich war. Den hausgemachten Tee gab es zudem noch umsonst als Getränk.

Gestärkt machten wir uns auf zu der Kutsche, wo wir überrascht feststellten, dass selbst die Pferde bereits gefüttert wurden und wir direkt weiterziehen konnten.

Trotz des Regens in der Nacht waren nur wenige Wolken am Himmel zu sehen und die Sonne schien Warm auf uns herab. Nach einem kurzen Stück entlang der Straße, konnte man hinter einem winzigen Waldstück eine kleine Siedlung erspähen, zu der offensichtlich die Herberge gehörte.

Wir beobachteten die Landarbeiter, während sie ihren Acker bestellten und lauschten dem Wind, der uns sanft durch die Haare wehte. Alles roch nach dem wohligen Geruch von frischem, grünen Gras kurz nach einem Regenschauer. Vereinzelt flogen Vögel am Himmel entlang und sangen uns ein kleines Lied. Ein Vogel flog sogar direkt durch die seitliche Öffnung der Kutsche zwischen unseren Köpfen hindurch, um dann wieder im steilen Anstieg in einem der Baumwipfel zu landen - ein herrlicher Tag. Nur der schlammige Boden verlangsamte unser Vorankommen ein wenig, doch für die Ruhe, die uns diese Atmosphäre bereitete, war dies mehr als nur hinnehmbar.

Nach einiger Zeit des Schweigens begannen wir zu reden. Thema waren zunächst unsere ursprünglichen Pläne, was wir werden wollten, was unsere

Ziele waren, sowie das Thema, ob jeder mit seiner derzeitigen Situation zufrieden war. Wir kannten uns zwar schon lange, doch waren dies einige Dinge, die niemand so recht vom anderen wusste. Phillip erzählte zuerst von sich. Angefangen damit, dass er eigentlich ursprünglich Schriftsteller werden wollte und seine Passion für Romane daher stammt. Er meinte, dass sein Talent verkannt sei und niemand ein wahres Auge für die Kunst der Literatur besäße. An die Bibliothek sei er durch seinen Vater gelangt, der diese bis zu seinem Tod leitete. Phillip erzählte, dass das Herz seines Vaters an dieser hing und er es als seine Aufgabe sah, sie mit gutem Gewissen weiterzuleiten. David war tief beeindruckt, da er schon immer ein sehr familienbewusster Mensch war und viel Wert auf Tradition legte. Sophie hingegen war weniger beeindruckt. Es schien, als hätte sie eine schwere Vergangenheit gehabt. Sie erwähnte diese auch mit keinem einzigen Wort, als sie über sich redete. Ihre Pläne waren ursprünglich Krankenschwester zu werden, aber als sie herausfand, dass sie kein fremdes Blut sehen konnte, entschied sie sich doch dafür Lehrerin zu werden, da sie, trotz ihrer nun zugegebenen Abneigung gegenüber Familien, Kinder liebte und gern mit ihnen zusammen war und daher mit ihrer Arbeit zufrieden war.

David war ebenso zufrieden. Er träumte schon immer davon, unabhängig und selbstständig zu sein. In einem Geschäft sei er am besten aufgehoben, sagte er mit einem Lächeln auf dem Gesicht, obwohl er eingestehen musste, dass es ebenfalls Zeiten gab, in denen er selbst sehr knapp lebte und nicht genau wüsste, wie er über die Runden kommen sollte.

Ich stand zu alle dem sehr in Kontrast, da ich noch nie irgendwelche Zukunftspläne besaß. Meine Arbeit sah ich lediglich als am geeignetsten an, da ich mich schon immer für Bücher interessierte und etwas anderes nicht in Frage kam. Zumindest kam mir nichts anderes in den Sinn. Aus diesem Grund war ich auch weder zufrieden noch unzufrieden in der Bibliothek. Ich beurteilte meine Situation lieber als genehm. Da keiner meinen Beitrag kommentierte, trat in unserer Runde wieder Ruhe ein.

Wir fuhren zu diesem Zeitpunkt an einem großen See vorbei. Das Wetter war noch immer gut und die Sonne schien an diesem Mittag wärmer, als in den letzten Wochen. Zum Glück sorgte die Luft um den See herum für Abkühlung. Ich beobachtete gerade einen Vogel, der einen Fisch fing, als Phillip anfing, über unsere Expedition zu sprechen.

Er erklärte uns zunächst, dass die Insel nicht groß sei und dass man innerhalb weniger Stunden die Ostküste zu Fuß erreichen könnte, wenn man auf der gegenüber liegenden Seite an Land ging. Die Ruine, welche unser Ziel sein sollte, befände sich ungefähr mittig auf der Insel, umgeben von einem sumpfigen, dschungelartigen Wald, durch den die Insel uninteressant wurde für Einwanderer oder die Wirtschaft aus der Gegend. Er fügte rasch hinzu, dass man nicht wüsste, von welcher Kultur diese Ruinen stammten, denn sie sollten angeblich aussehen, als seien sie neu erbaut worden. Die Bauart schien aber wesentlich älter zu sein und bis dahin noch unentdeckt. Dagegen entrichtete er, dass es lediglich Gerüchte waren die er hörte, als er an dem Tag, an dem wir den Brief bekamen, zur Universität ging. Die Ruinen sollten nur von einigen Schiffbrüchigen gesichtet worden sein, die folglich nur wenig über alte Architektur wussten. Ich hörte aber trotzdem interessiert zu, denn immerhin musste ja wenigstens ein kleiner Teil dessen wahr sein, dachte ich.

Nach einigen kurzen Pausen und kleineren Gesprächen brach allmählich der Abend hinein. Die Temperatur nahm fast schlagartig ab und Wolkenfetzen bedeckten zunehmend den zuvor klaren Himmel. Als wir eine Lichtung in dem großen, dichten Wald in dem wir uns befanden erblickten, beschlossen wir ein Lager aufzuschlagen, um etwaigem Regen zuvor zu kommen. Die Pferde schienen unruhig, als ob sie nicht rasten wollten und der Kutscher hatte Probleme, sie im Zaum zu halten.

David stieg als erster aus und machte sich gleich mit Phillips Hilfe daran, ein großes Zelt für uns alle aus dem Stauraum der Kutsche zu laden. Sophie zündete sich genüsslich eine Zigarette an und lehnte sich gegen die Kutsche - sie schien erschöpft. Ich schaute sie mit fragendem Blick an, da ich sie noch nie zuvor rauchen sah. Nachdem sie meinen Blick bemerkte erhob sie ihren Kopf und sagte nach kurzem Überlegen, dass sie das Laster erst vor kurzem erlangte, als Verwandte aus Deutschland ihr Zigaretten zuschickten. Sie bot mir daraufhin eine an, aber ich verneinte höflich, da ich meine ohnehin nicht sehr stabile Gesundheit weiter gefährden wollte.

Ich wendete mich ab, und blickte in das dichte Geäst des Waldes und lauschte den Lauten der Insekten, Vögel und der raschelnden Büschen, die sich immer wieder wegen den kleinen Tieren bewegten, die nun aktiv waren. Meine Gedanken wanderten kurz ab; ich liebte die Natur einfach zu sehr, sodass dies mir schnell passierte, wenn ich mich in ihr befand. Plötzlich, ohne einen Laut zu hören, flog eine Fledermaus rasend in mein Gesicht und flüchtete sofort wieder. Durch den Schreck fiel ich nach hinten auf den Boden und war durch den Schock wie gelähmt. Zu meinem Glück lag kein Stein an der Stelle, wo ich aufkam. Sophie lachte laut, entschuldigte sich aber gleich darauf und reichte mir eine Hand, um mir aufzuhelfen. Mit einem überraschend festen Griff nahm sie meine Hand und zog mich mit einem Ruck herauf zu sich. Sie stand wohl sehr dicht vor meinen Füßen, als sie an mich herantrat, denn als ich mich aufrichtete, waren unsere Gesichter nur wenige Zentimeter voneinander entfernt und ich schaute tief in ihre kastanienbraunen Augen. Es schien mir, als stünden wir Stunden dort, doch waren es leider nur einige Sekunden, in denen wir so verharrten. Sie zeigte keine Regung, als ob sie darauf warten würde, dass etwas geschieht. Für einen Augenblick hatte ich das Gefühl, als ob mein Herz aussetzen würde zu schlagen, doch fühlte es sich nicht schlimm an; eher, als wenn sich Wärme in meinem Körper ausbreiten würde. Meine Hände zitterten leicht und begannen zu schwitzen. Meine Wangen fühlten sich an, als stünden sie davor zu platzen. Sophie lächelte nur seicht, als sie in meine Augen schaute und blickte daraufhin kurz auf den Boden, nachdem sie ihren Kopf etwas senkte. Dann wandte sie sich ab und blickte während ihrer Drehung erneut in meine Augen. Weiter regungslos starrte ich nur in ihre Augen, dann ging sie, um eine ihrer

Taschen aus der Kutsche zu holen. Als ich es endlich schaffte, mich wieder zu fangen, lief ich zu Phillip und David um ihnen bei dem Aufbau des Zeltes behilflich zu sein. Als das Zelt fertiggestellt war, legte ich einige Decken hinein. Auf meinem Weg hielt ich Ausschau nach Sophie, denn meine Gedanken ließen nicht ab von diesem Moment. Ich sah sie auf einem großen Stein sitzen, mit dem Rücken zu uns gerichtet; wieder rauchend und scheinbar in sich gewandt. Sie regte sich kaum und schaute starr in den Wald hinein. Als alle Decken platziert waren, entschied ich mich schließlich doch zu ihr zu gehen.

Sie bemerkte nicht, dass ich mich näherte. Erst als ich sie ansprach, zuckte sie förmlich zusammen und schaute mich kurz mit aufgerissenen Augen an, dann sah sie zurück in den Wald. Eigentlich wollte ich mich noch ein wenig mit ihr unterhalten, doch es bildete sich eine Art Blockade in meinem Kopf, die mir dies verwehrte. Ich stottere, als ich ihr sagen wollte, dass das Zelt bereit für die Nacht war, da mir nichts anderes einfiel. Sie bestätigte nach einem kurzen Innehalten, reagierte aber sonst nicht weiter auf mich, meine Anwesenheit oder meine Worte. Leicht enttäuscht ging ich ins Zelt und versuchte einfach zu schlafen, die Gedanken zu ignorieren, zu verdrängen. Schlafen, konnte ich allerdings nicht. Meine Gedanken kreisten in meinem Kopf herum, plagten mich mit unliebsamen Gefühlen so sehr, dass ich aufspringen wollte, laufen wollte, weg von dort, von meinen Gedanken. Aber mir war klar, sie würden mich ohnehin nicht verlassen, also blieb ich unruhig auf dem Boden, eingewickelt in einer Decke, liegen. Ich wünschte mir, sie hätte Wärme gespendet. Mir war nicht kalt, doch suchte ich nach innerlicher Wärme, die mir in diesem Moment gänzlich fehlte. Erst wurde ich von diesen Träumen geplagt, dann kam die immer stärker werdende Paranoia hinzu und schließlich wich mein Denken nicht von Sophie ab. Sowohl die murmelnden Stimmen von David und Phillip, als auch das Knacken und das Knirschen des Geästs in den Wäldern erleichterten meine Flucht in den Schlaf nicht.

Ich versuchte mein Bewusstsein auf andere Dinge zu lenken; lauschte den Rufen der Eulen, dem Zirpen der Grillen und fixierte mit meinen Augen die Ecke des Zeltes, um die Bilder zu unterdrücken, die immer wieder vor meinen Augen erschienen.

Unruhe breitete sich in meinem Leib aus - anders als zuvor - es war wie eine Art Vorahnung. Ich erhob meinen Oberkörper und stützte mich mit meinem Ellenbogen auf dem Boden ab. Stirn runzelnd schaute ich in die Leere und versuchte mich zu konzentrieren, etwas ungewöhnliches zu hören oder zu bemerken. Alles schien unscheinbar, ruhig – fast zu ruhig. Phillip und David redeten normal vor dem Zelt weiter, aber mein Gefühl verschwand dennoch nicht. Auf einmal bemerkte ich, wie die Geräusche des Waldes intensiver wurden. Angst kam auf. Mein Herz begann schneller zu schlagen, als die Äste und Büsche lauter knackten. Die Eulen verstummten und sie flogen zusammen mit anderen Vögeln über unserem Lager hinweg; der Schlag ihrer Flügel war schnell, als wären sie aufgeschreckt worden und verängstigt gewesen.

Selbst die Wildschweine, vorher weit entfernt, grunzten nun wesentlich lauter als zuvor, bis plötzlich ein kleines Beben der Erde zu vernehmen war, welches immer schneller und stärker wurde. Mein Puls stieg von Sekunde zu Sekunde; ich spürte meinen Herzschlag in meinem Hals, das Beben in meinen Händen, später in meinem ganzen Körper. Die Tiere schienen allesamt in unsere Richtung zu rennen, geradewegs hin, zu unserem Lager. Das Stampfen der Pfoten, Hufen und Klauen war nun deutlich laut zu hören und es wurde immer schlimmer. Die anderen sind längst verstummt, bis sie schrien, wir sollten uns in Sicherheit bringen. In diesem Moment rannte das erste Wildschwein an dem Zelt vorbei und ich kauerte mich auf meinen Knien mit meinen Händen um den Kopf gefaltet zusammen, um mich möglichst klein zu machen. Weitere rannten direkt hinterher; ich hörte Phillip, wie er schrie, dass sich David und Sophie auf die Kutsche retten sollten. In diesem Moment streifte etwas das Zelt und verfehlte nur knapp meinen Kopf. Vor Schreck schrie ich auf und fiel auf meinen Rücken zurück. Ein Tier rannte über meine Hand, als ich Sophie schmerzerfüllt schreien hörte. Ich befreite mich aus dem zusammengefallenen Zelt und ich lief so schnell ich konnte in die Richtung, aus der ich dachte den Schrei gehört zu haben, doch ich sollte nicht weit kommen. Ein großes Tier rammte seinen Kopf in meine Seite, nahm mir den Halt und ich fiel zu Boden; noch etwas traf mich und mein Bewusstsein entschwand.

Als ich erwachte, stand Phillip über mich gebeugt neben mir und hielt meine Stirn. Meine Sicht war verschwommen und meine Ohren nahezu taub. Ich versuchte meinen Kopf anzuheben aber meine Kräfte reichten nicht aus, also viel er wieder zurück in das Gras. David murmelte etwas, was ich nicht verstand, dann sah ich schwach Sophies Silhouette, wie sie auf mich zu trat und ein kaltes, nasses Handtuch auf meine Stirn legte. Eigentlich wollte ich mich bedanken, doch alles was meinen Mund verließ war meine Stimme ohne ein Wort zu formen. Erneut verließ mich mein Bewusstsein. Erwacht und wieder kräftiger als zuvor, setzte ich mich nach einiger Zeit auf und betrachtete die Szene. Die Tiere überrannten in der Nacht unser komplettes Lager, so dass noch immer die Kutsche umgekippt im Schlamm lag, das Zelt hernieder gerissen war und alle ein paar Verletzungen hatten. David stand am hinteren Ende der Kutsche und schaute, ob unsere Ausrüstung stark beschädigt wurde. Nach eingehender Untersuchung sagte er, dass die Kutsche schwer beschädigt war und vieles der Ausrüstung unbrauchbar wurde. „Einige Bücher, ein wenig Proviant und ein kleiner Teil des Werkzeugs hat den Angriff überstanden", sprach er mit ermüdeter Stimme, nach einem seufzten fügte er allerdings hinzu, dass er die Kutsche notdürftig reparieren könnte. Phillip, der zuvor neben Sophie auf einem umgestürzten, morschen Baumstamm saß und eine Wunde an ihrem Arm betrachtete, stand tatkräftig auf und lief zügig zu David, um ihm und dem Kutscher bei der Reparatur zu helfen. Als Sophie bemerkte, dass ich nun wach war, lief sie voller Freude so schnell es ihr möglich war zu mir und hielt mein Kopf, mit den Worten, sie hätte Angst um mich gehabt. Ich schenkte ihr ein Lächeln und erwiderte, dass es mir gut ginge, obwohl mein Kopf innerlich zu zerbersten schien, insbesondere nachdem David einige Bretter einer zerstörten Kiste als Ersatz der zersplitterten Planken an der Rückseite der Kutsche festnagelte. Auf Sophies rechtem Arm war ein blutgetränkter Verband über der Wunde, die kurz zuvor von Phillip untersucht wurde. Sie antwortete auf meine Frage was geschah, lediglich mit den Worten, dass sie von einem Tier in der Nacht attackiert wurde und dass die Wunde schlimmer aussehen würde, als sie in Wirklichkeit war. Weiterhin sollten wir laut ihr keine größere Rücksicht nehmen und unsere Reise schnellst möglich fortsetzen. Sie wehrte sich vehement gegen den Vorschlag für eine bessere Wunderversorgung in die nächstgelegene Stadt zu fahren, stimmte allerdings ein, als Phillip uns mitteilte, dass wir mit der brüchigen Kutsche nur noch wenige Meilen voran kämen und ohnehin unsere Route umplanen mussten.

Wir waren zu erschöpft um die Kutsche noch an der Nacht aufzustellen, also warteten wir und versuchten zumindest ein bisschen Schlaf oder Ruhe zu finden, bis die Sonne allmählich auf ging. Zwei Seile banden wir um das Dach der Kutsche und David stemmte von der anderen Seite gegen die Kutsche. Nach fünfzehn anstrengenden Minuten stand die Kutsche endlich wieder auf ihren Rädern. Das noch brauchbare Inventar war schnell aufgeladen, den Rest ließen wir zusammengeräumt und aussortiert auf dem Platz liegen um uns nicht unnötig zu belasten. Dies erledigt, spannten wir unsere Pferde, die sich glücklicherweise nicht losreißen konnten, fest und stiegen ein.

Wieder auf unserem Pfad, verfestigte sich mehr und mehr ein unheimliches Gefühl. Der Rest des Waldes war wie ausgestorben. Ein dichter, fester Nebel lag auf der Straße, der kaum mehr Sicht als zu den Bäumen am Straßenrand gewährte. Kein Tierlaut war mehr zu hören, keine Eichhörnchen oder andere Kleintiere huschten zwischen den Bäumen hindurch und selbst am Himmel war weit und breit kein Vogel zu sehen. Das Sonnenlicht erhellte nur fahl den Weg und spendete kaum Wärme. Alles war kalt und feucht - ein unangenehmes, beklemmendes Gefühl. Ich betrachtete die toten Bäume mit ihrem morschen Geäst, welche sich wunderbar in dieses triste Bild einfügten. Schauer überkam mich, wenn der Wind gelegentlich durch die Bäume hindurch wehte. Eine Leere entstand durch diese Szenerie, die alles Leben zu verschlingen schien und jegliche Wärme förmlich aus den Gliedern sog. Selbst die Pferde schienen beunruhigt, dennoch folgten wir unbeirrt unserem Weg, wenn auch mit äußerster Vorsicht.

Der Nebel brach am ganzen Tag nicht ein einziges Mal, auch an den folgenden zwei Tagen ließ er kaum mehr einen Hauch Leben durchschimmern; eher das Gegenteil trat ein. Dieser Nebel schien uns von innen heraus zu verzehren. All die Zeit über, in der wir uns in ihm befanden, schwiegen wir, waren in uns gekehrt und verzogen keine Miene. Unsere Gesichter waren ausdruckslos und starr, gleich Marmorstatuen einer alten Ruine, die gleichzeitig als Gruppe dennoch einsam und verlassen standen.

Nach den besagten zwei Tagen die folgten, lichtete sich endlich der Nebel und ließ das Sonnenlicht ein wenig unsere Körper erwärmen. Zaghaft begannen wir wieder mit einander zu reden, zunächst allerdings nur über unsere Umgebung, dass wir froh seien, endlich wieder Licht und vereinzelt einige Vögel zu sehen, die ihre Bahnen am Himmel zogen und selbst eine kleine Stadt war in der Ferne zu erkennen. Nach einigen inhaltsleeren Gesprächen sprachen wir über das Geschehnis im Wald. Sophie war überzeugt, dass es einen natürlichen Grund hatte, wohingegen Phillip erwiderte, dass es nichts natürliches gäbe, was die Tiere eines gesamten Waldes derart aufscheuchen konnte. Ich überlegte im Stillen, ob dies alles, was bisher geschah denn wohl mit dem Fund in Zusammenhang stehen könnte und sicher taten dies auch die anderen. Denn als David etwas einwarf, was mit unserem Ziel zusammenhing (ich habe den Satz nicht ganz vernommen, da ich selbst mit Denken beschäftigt war), trat wieder betretene Stille ein.

Unser Proviant ging allmählich zu Grunde, da vieles ungenießbar wurde, als die Tiere durch unser Lager rannten und die Kutsche umstürzten. Zu unserem Glück brauchten wir nur noch wenige Stunden, bis wir die Stadt erreichten, so mussten wir nach allem wenigstens nicht auch noch hungern.

Die Menschen beobachteten uns, oder mehr unsere Kutsche, die unter lautem Knarren durch die holprigen Straßen fuhr. Sie schienen zu erwarten, dass sie jeden Augenblick zusammenbrechen würde. Wir hielten vor einem eher kleinen Haus, der örtlichen Poststation. Phillip ging hinein, um eine andere Kutsche zu mieten oder zumindest eine ordentliche Reparatur zu organisieren, während ich mich mit Sophie aufmachte einen Arzt zu finden. Die freundlichen Bürger wiesen uns ein paar Straßen weiter, wo ein älterer Herr auf einer Veranda saß und genüsslich an einem Glas Whisky nippte. Verdutzt hielten wir einen Moment lang Ausschau nach einer anderen Person, die auf die uns gegebene Beschreibung passte, aber nur der Alte saß dort einsam und beäugte uns bereits. Vorsichtig schritten wir zu ihm und fragten, ob er der Arzt war. Freundlich nickte er und winkte uns in sein Haus – ohne ein Wort. Sophie schaute mich beunruhigt an aber ich beruhigte sie, indem ich ihr versicherte, dass bei einer solchen Wunde nichts schlimmes passieren konnte. Langsam folgten wir dem Mann herein und setzten uns an einen Tisch, auf den er

bereits einige Verbände, Tinkturen und Nadeln bereit legte.

Nachdem der vermeintliche Arzt uns mit seiner
heiseren und krächzenden Stimme begrüßte, setzte
er sich zu Sophie und schaute sich den Verband an.
„Ich nehme an, deswegen seid ihr hier?", fragte er,
als er unsanft Sophies Arm hielt und den notdürf-
tigen Verband abnahm. Die Wunde sah weniger
schlimm aus, als wir erwarteten. Zwar war sie
noch nicht gänzlich zusammengewachsen, aber es
waren auch keine Anzeichen einer Infektion zu erkennen, soweit ich das beurteilen konnte. Mit seinen zittrigen Händen träufelte der Arzt mehrere
Tropfen einer der Tinkturen auf die Wunde und
verband sie anschließend wieder. Vor Schmerzen
kniff Sophie ihre Augen zusammen. Ein gequältes
„Danke" ließ sie von sich, bevor sie aufstand und
sich mit ihrem gesunden Arm auf meiner Schulter
abstützte. Der Arzt schmunzelte und behauptete es
sei normal, dass die Desinfektion so brannte; es
war seine eigene Lösung, was uns nicht sonderlich
beruhigte. Eine Bezahlung lehnte der alte Mann
dankend mit der Begründung ab, dass er froh sei,
einer jungen Dame helfen zu können. Wir verab-
schiedeten uns kurz und suchten unseren Weg zurück zu der Poststation, wo David und Phillip uns
erwarteten. Sie riefen uns entgegen, dass wir die
Kutsche vergessen konnten. „Irreparabel", sagten

sie und es stand keine andere Kutsche zum Verleih. Sie hätten aber bereits einen Plan, fügte Phillip rasch hinzu und verwies auf den Bahnhof, der unweit der Poststation sein sollte. „Wir könnten einen Zug nach Süden nehmen, unsere Ausrüstung müssen wir ohnehin neu besorgen und schneller sind wir auf diesem Wege ebenfalls", sprach er voll Überzeugung. Ich fragte, ob ein Zug direkt bis zu unserem Zielort durchfuhr, oder wo und wie oft wir umsteigen mussten. Phillip grübelte einen Augenblick und warf anschließend einen Blick auf die Karte, die er in der Poststation gekauft hat. Nach einem kurzen, prüfenden Blick entgegnete er mir, dass nur ein Zugwechsel in Washington nötig war. Wir alle stimmten dem Vorschlag mit einem Nicken zu, da es unser einziger Weg voran war. Wir machten einen Abstecher in einem kleinen Krämerladen, der auf dem Weg zum Bahnhof lag, um einen Leib Brot und etwas zu Trinken zu kaufen. Anschließend gingen wir zu unserem Bahngleis und warteten ermüdet auf Phillip, der unsere Fahrkarten kaufen wollte. Sophie döste an meiner Schulter angelehnt und David saß auf der Wartebank links von mir. Er schien leicht nervös, weswegen ich ihn ansprach. Er wischte sich über sein Gesicht, bevor er antwortete, dass ihm solch große Maschinen Angst bereiteten. Wie er sagte, bevorzugte er langsamere Transportmittel wie Kutschen oder auch Pferde, da er selbst reiten konnte. Bei Zügen hatte er stets die Befürchtung, dass eine lockere Schraube, ein kleiner Riss im Metall oder ein sonstiger Fehler bei hoher Geschwindigkeit dazu führen könnte, dass das Gefährt völlig zerstört würde – insbesondere wenn man das immense Gewicht beachte. Verdutzt schwieg ich und blickte in die Leere. Über solch eine Gefahr oder allein deren Möglichkeit hatte ich noch keinen Gedanken verschwendet. Mehr als ein „Wir werden schon sicher ankommen.", konnte ich in diesem Moment nicht erwidern, so dass David weiterhin nervös an seinen Fingernägeln kaute und schwieg. Nachdem Phillip aus dem Bahnhofsgebäude kam, dauerte es nur eine halbe Stunde, bis unser Zug einfuhr. Wir standen auf, gingen zu einer der Türen und hielten dem freundlichen Kontrolleur unsere Fahrscheine entgegen. Er stanzte jede einzelne Karte ab und ließ uns in das Innere des Wagons, woraufhin wir uns eine abgeschlossene Sitzgruppe mit Schiebetüren suchten, um möglichst entspannt reisen zu können. Unser Gepäck verstauten wir zum einen Teil unter den Sitzen, während das leichtere Gepäck in der Ablage über unseren Köpfen seinen Platz fand. Nach einigen Minuten lösten sich unter heftigen, schrillen Lauten die Bremsen und der Zug begann zu fahren. Das laute Knattern und Poltern machte es schwer sich angenehm zu unterhalten, ebenso wie das Schlafen, wozu die holprige Fahrt ihr übriges tat.

Die Fahrt nach Washington verlief unkompliziert und dauerte nur kurze Zeit. Dort angekommen, mussten wir uns beeilen, um noch rechtzeitig den weiterführenden Zug zu erreichen. Es stand eine Familie am Bahngleis, als wir hastig ausstiegen. Phillip und David drängelten sich an der Mutter und dem Vater vorbei, der seiner Tochter schützend einen Arm umlegte. Gerade als ich aus der Tür trat und David folgen wollte, durchfuhr ein stechender Schmerz meinen Kopf, begleitet von einem Blitz, der für einen Bruchteil einer Sekunde alles in grellem Weiß erscheinen ließ. Ich krümmte mich vor Schmerzen, schloss meine Augen mit aller Gewalt und als ich sie wieder öffnete, schaute ich geradewegs in das nebelartige Antlitz eines geisterhaften Wesens, das sich um den Körper des Mädchens herum auftürmte und mit bedrohlich geiferndem Blick auf mich starrte. Es schien etwas sagen zu wollen, aber in diesem Augenblick war ich taub; nicht einmal Sophie konnte ich hören, die auf mich einredete und versuchte mich an meinem Arm hinfort zu ziehen. So schnell wie der Blitz erschien, so schnell war alles wieder im Ursprungszustand und wir liefen, als ich mich fangen konnte und Sophie mich nicht mehr zerren musste. Mit rasendem Herz blickte ich zurück zu dem kleinen Mädchen, das mir nun fröhlich lächelnd hinterher winkte. Der Schaffner war bereits im Begriff zur Abfahrt zu Blasen, als wir an dem Gleis ankamen.

Mürrisch kontrollierte der Schaffner unsere Karten und ließ uns einsteigen. Er raunzte uns hinter, das wir uns in Zukunft mehr beeilen sollten, aber seine Laune schien sich während der Fahrt zu bessern. Gelegentlich fragte er uns gar, ob wir etwas benötigten, doch wir lehnten dankend ab. Als wir saßen, war meine Stirn noch immer von kaltem Schweiß überströmt. David und Phillip scherzten darüber, dass der Weg nicht so weit war und wie wenig Ausdauer ich besäße. Ich hatte keine Gedanken um auf irgendeine Weise darauf reagieren zu können und versuchte ausschließlich mich zu beruhigen, ein schwarzes Bild in meinen Kopf zu zwingen – ohne Erfolg. Die Fahrt war nicht weniger laut und mindestens ebenso holprig, wie der Weg nach Washington, aber dank der Erschöpfung war es uns nach einigen Stunden möglich Schlaf zu finden. Selbst ich schlief irgendwann ein, obwohl ich immerzu ein Gefühl hatte, verfolgt zu werden, ein unheimliches, beklemmendes Gefühl, das nicht zu verschwinden schien, egal wie oft ich den Gang des Wagons prüfte oder ob der Sonnenschutz heruntergelassen war. Lediglich die kreischenden Bremsen des Zuges konnten uns noch wecken, sobald er hielt. Erholsam war der Schlaf aber nur bei Nacht, wenn der Zug still stand, um sowohl die Kohle- als auch die Wasservorräte aufzustocken und der Zugführer wechselte. Wir schliefen mehr als gewöhnlich, um nicht zu sagen fast ausschließlich, wohl durch das monotone Rattern der Räder über die Schienen und den trostlosen Landschaften vor dem Fenster.

Ein paar Stunden bevor wir eine kleine Fischerstadt - unseren Zielbahnhof - erreichten, verspeisten wir die letzten zwei Konservendosen und gönnten uns für das überstehen der Reise eine Flasche alten Portwein, die David in seinem Rucksack mitnahm und unter breitem Grinsen zückte. Es war lange her, dass ich bei einem Wein solch einen Genuss verspürte. In diesem Moment wurde mir innerlich warm und ich war schlicht und ergreifend froh. Nicht auf Grund des Alkohols, sondern weil die Leere, die schlechten Gedanken, die Angst, das Gefühl der Einsamkeit und auch meine Träume wie verschwunden schienen. Wenigstens in diesem einen Moment - glücklich. Sind es nicht ohnehin diese Momente, die dem Leben den Namen schenken? Wie nennt man ein Leben, das kein Leben beinhaltet? Sicher muss es auch schwierige Augenblicke geben, damit man merkt, wenn etwas gutes, etwas positives eintritt; Aber was ist, wenn die Erleichterung nicht Einzug hält? Ein Leben voll Angst, Trauer, Verzweiflung und sich alles nur im Kreise dreht, man eine schwerwiegende Entscheidung bereut? Was ist es nun, was ich lebe, erlebe, oder denke zu erleben und zu fühlen? Ich glaube, dafür gibt es kein Wort und keinen Ausdruck, der auch nur annähernd meinen Zustand und meine Umstände beschreiben könnte.

Aber ich schweife ab, zurück zur Geschichte...

Noch bevor der Zug hielt und wir aussteigen konnten, machte sich im ganzen Wagon der schwere Hafengeruch breit. Alles stank nach altem, fast verwesten Fisch und man sah bereits aus der Ferne die Möwen, die gierig über der Stadt kreisten und stetig darauf warteten, sich die Fischabfälle zu raffen oder auch gelegentlich einen ganzen Fisch zu erbeuten, der ab und an von einer Schubkarre viel. Die Häuser sahen alt, abgenutzt und wie verkommen aus, passend zu den dortigen Einwohnern. Schon an der ersten Häuserwand die wir sahen, lag ein Volltrunkener mit einer umgekippten Schnapsflasche neben seiner Hand. Seine rote Nase glühte förmlich in der Mittagssonne. Auf eine bestimmte Weise fand ich diesen Anblick belustigend – traurig, aber auf eine eigene Weise amüsant. Die schlechte Seite des Lebens, oder besser der Welt, lachte einem hier, in dieser „Stadt" schon bereits bei dem ersten Anblick unverhohlen ins Gesicht. Der Eindruck außerhalb des Bahngebäudes verschlechterte sich eher, als dass er sich besserte. Der Abschaum der Welt schien hier versammelt zu sein. Räuber, Banditen, Schläger und andere Missetäter tummelten sich hier und frönten ihrer finsteren Natur. Man sah nur selten eine normal, ge-

scheit aussehende Person die Straßen entlang laufen und wenn, dann war ihr Gang zügig, um sich
nicht zu lang in einer unsicheren Gegend aufzuhalten. Ich schaute mir gerade die Tafel einer überraschend einladend aussehenden Spelunke an, als
ein Einwohner auf uns zu trat. Mit einer freundlichen doch gleichzeitig geheimnisvollen, unheimli-
chen Miene fragte er uns, woher wir kämen mit
dem Zusatz, dass er uns noch nie zuvor sah. Beim
Anblick der Person überkam mich sogleich ein
Schauer, obwohl die Person sehr freundlich zu sein
schien. Phillip hatte wohl ein ähnliches Gefühl,
weswegen er nur mit kurzen Worten berichtete,
dass wir uns nicht lange in der Stadt aufhielten
und, um nicht unangenehme Fragen aufkommen
zu lassen, dass wir private Angelegenheiten zu erledigen hätten.

Verdutzt schaute uns der Fremde an, ließ sich
aber nicht beeindrucken und fuhr damit fort, uns
eine günstige aber angenehme Unterkunft zeigen
zu wollen. Wir tauschten Blicke aus, unsicher darüber, ob wir ihm vertrauen sollten. Es stellte sich
aber heraus, dass es offensichtlich doch keine
schlechte Idee war, ihm zu folgen und sein Angebot anzunehmen.

Er führte uns zu einem Gebäude, nicht allzu
weit vom tiefer gelegenen Hafen entfernt, das sich
in einer etwas größeren Seitenstraße befand. Diese

führte zu einem Platz, der des öfteren wohl als Markt genutzt wurde, denn dort standen vereinzelt kleine, verschlossene Verkaufsstände. Die Straßen in diesem Teil waren etwas belebter und auch freundlicher anzusehen. Die Gebäude waren nicht so heruntergekommen und teilweise sehr schön mit Pflanzen und Malereien verziert. Ein Maler war gerade damit beschäftigt, die Frontseite eines Barbiers zu streichen. Scheinbar sollte dort ein Bild oder ähnliches entstehen, doch war dort noch nichts zu sehen, außer einigen Farbtöpfen auf dem Boden und die gerade erst begonnene Grundierung. Als wir den Platz überquerten, wurde gerade ein Fischerboot im Hafen abgefertigt. Die Träger trugen mit schweren Schritten die mit Fisch gefüllten Kisten zu einigen der Ständen oder in eine der beiden Metzgereien am Rande des Platzes. Es war deutlich zu beobachten, dass die Möwen, die sich hier wegen den vielen Fischen niedergelassen haben, äußerst aggressiv waren. Sie flogen tief, direkt über unseren Köpfen hinweg, um an eine der Kisten zu gelangen oder sie ließen sich im steilen Sturzflug fallen um direkt einen Fisch zu ergattern. Die Leute, die die Kisten trugen, versuchten vehement die angreifenden Möwen zu vertreiben, allerdings nur mit mäßigem Erfolg. Ich war zwar nie sonderlich an der Tierwelt interessiert, doch hätte ich nie gedacht, dass Möwen je so handeln würden. Erstaunt beobachteten wir alle dieses doch recht beeindruckende Spektakel mit über dreißig hungrigen Möwen und fünf abgearbeiteten Trägern. Wir waren zwar alle sehr amüsiert über den Anblick, versuchten aber uns nichts anmerken zu lassen; außer Sophie. Sie verlor die Beherrschung, als zwei äußerst raffinierte Möwen auf einen der Kistenträger in ungefährer Kopfhöhe zuflogen und versuchten, ihm die mit Fisch gefüllte Kiste regelrecht aus den Händen zu schlagen. Er verlor kurz seinen Stand, fing sich aber sofort wieder und krallte die Kiste noch fester an sich als zuvor. Mit sehr erbosten Blick schaute er in die Richtung, aus der das Gelächter von Sophie kam und fixierte sie. Sophie versuchte sich mit aller Gewalt zu beruhigen, doch einige Pruster vor Lachen gab sie immer noch von sich. Ihr Kopf glühte förmlich, als sie den Blick des Arbeiters sah.

Keine weitere Zeit verschwendend, setzten wir unseren Weg zu unserer möglichen Unterkunft fort. Die Herberge war sehr ausladend und groß. Allein die Außenfassade war so breit, wie die zweier normaler Häuser und gut drei Stockwerke hoch. Auf der Spitze thronte ein prunkvolles Dach aus roten Ziegeln und Dachfenstern, deren Scheiben aus Mosaikscherben bestanden. Vor der schweren Eingangstür stand als Türstopper ein steinerner Blumentopf mit einer großen exotischen Pflanze darin. Der Betreiber war zu der Zeit, als wir der Herberge näher kamen, damit beschäftigt den Eingangsbereich zu fegen und die Pflanzen zu gießen, die vor dem Gebäude standen. Er schaute nur kurz über die Schulter, als er unsere Schritte hörte und stellte sogleich seinen Besen beiseite um uns zu begrüßen. Er war ordentlich gekleidet; nicht so, wie die meisten anderen Einwohner, denen wir bis zu diesem Zeitpunkt begegnet sind. Er trug ein schwarzes Jackett über einem weißen Hemd, das straff über seiner stattlichen Figur lag, und eine eher schlichte Stoffhose. Sophie wurde sofort mit einem Handkuss des Betreibers begrüßt, noch bevor jemand etwas hätte sagen können. Gleich danach lief er herüber zu Phillip, David und mir und gab uns allen mit einem kräftigen Griff und einem Lachen im Gesicht die Hand. Er bot uns ein Gemeinschaftszimmer für sechs Personen an, für lediglich fünfzehn Dollar pro Nacht. Begründet hat er dieses günstige Angebot damit, dass sonst alle Zimmer ausgebucht seien und wir ohnehin einige Nächte in der Stadt bleiben müssten um per Schiff weiter zu reisen, da die See vorerst zu gefährlich sein sollte. Wir nahmen selbstverständlich das Angebot an und mieteten das Zimmer.

Unser Gepäck wurde von einem Angestellten auf unser Zimmer gebracht, während wir es uns im geräumigen Hauptsaal mit ein paar Gläsern Bier gemütlich machten. Die Herberge war sehr rustikal eingerichtet. An der Decke waren die Holzbalken des Gebäudes zu sehen an denen vereinzelt kleine Kronleuchter hingen. Die Wände waren geschmückt mit einigen Bären- und Hirschfellen, zwischendurch war auch mal ein Gemälde eines alten Besitzers zu sehen. Die Herberge musste folglich bereits seit vielen Generationen existiert haben, was mich wunderte, denn man sah ihm dieses Alter bei weitem nicht an.

Wir saßen in ungefährer Mitte des Saales, in nähe der Treppe, die zu den oberen zwei Etagen führte. Die anderen Sitzgruppen waren meist unbesetzt, nur wenige Gäste hielten sich um diese Zeit innerhalb auf. Wir redeten und lachten einige Stunden über viele Dinge wie unter anderem über die aggressiven Möwen. Ich beobachtete die meiste Zeit Sophie, wie sie lachte, sprach und vor allem genoss ich es, wenn sie mich anblickte, doch schwenkte meine Stimmung nach einiger Zeit und ich begann wieder in Gedanken zu schwelgen. Ich träumte von Sophie, obwohl sie mir direkt gegenüber saß.

Als mich David fragte, warum ich so schweigsam sei, erwiderte ich lediglich, dass ich müde sei von der Reise und ich nur Ruhe bräuchte. Ich entschloss mich, auf das Zimmer zu gehen um zu schreiben oder lesen - mich abzulenken, irgendwie auf andere Gedanken zu kommen; also entschuldigte ich mich mit wenigen Worten und stieg die beiden Treppen hinauf zu unserem Zimmer. Es lag im zweiten Stock, am Ende des Ganges rechts. Der karg beleuchtete Flur war sehr ruhig; die Stimmen aus dem Erdgeschoss drangen nur dumpf und sehr leise hinauf. Bedrückt und von Frust erfüllt, schlenderte ich langsam zur Tür und schloss diese auf. Ich drehte zunächst die Öllampe auf ein leichtes, angenehmes Licht, sodass man im Groben das Zimmer erkunden konnte. Ich schaute mich aber nur kurz um und trat dann zum Fenster und ließ meinen Blick über den Hafen und das Meer schweifen. Man hatte einen wunderbaren Ausblick auf die östliche Hälfte der Stadt und ich meine sogar die Insel, unser Ziel, am Horizont erkannt zu haben. In der Stadt waren nur noch wenige Menschen unterwegs, da die Nacht längst hereingebrochen war. Man hörte ab und an das Gelächter der Trinkfreudigen durch die Straßen hallen. Sonst war alles ruhig und nirgendwo etwas zu sehen, außer den Sternen, die durch den wolkenlosen Himmel schienen. Ich trat ab und nahm mir aus meiner Tasche mein Notizbuch und einen Füllfederhalter heraus um zu schreiben. Ich wusste nicht was, aber ich wollte schreiben. So setzte ich mich an den Schreibtisch an einer Wand und schlug das kleine Büchlein auf. Unruhig, saß ich auf dem Stuhl und tippte nervös mit einem Finger auf dem Tisch herum. Meine Gedanken ließen einfach nicht von Sophie ab. Ich starrte an einem Bett vorbei, in die Ecke des Raumes. Ich begann nichts mehr um mich herum wahrzunehmen, völlig in Gedanken zu versinken. Selbst das Fingertippen beendete ich. Ich stellte mir gerade vor, mit Sophie Hand in Hand über eine Wiese zu gehen; über uns der blaue Himmel, in den Bäumen sangen einige Vögel und die Temperatur war angenehm lau-warm.

Aus den Augenwinkeln sah ich unbewusst wehendes Haar, nahm es aber nicht recht wahr, weil ich viel zu sehr in Gedanken versunken war. Ich schaute abwesend auf das kleine Büchlein und wollte mich gerade daran versuchen, ein Gedicht zu verfassen, als mir plötzlich klar wurde, was ich zuvor sah. Erschrocken drehte ich mich in Windeseile zum Fenster zu meiner Linken und blickte geradewegs in eine mich anstarrende, entstellte Fratze.

Die zerfressene Haut hing nur in Fetzen herab vom knöchernen Maul und in den leeren Augenhöhlen war statt dem Augenpaar nur rotes Licht, beinah wie Feuer, das dort brannte. Geifernd langte das Etwas mit seinen verkrümmten Fingern zu mir in den Raum hinein. Es leckte sich die vergilbten Zähne, als es langsam immer näher zu mir schwebte. Erstarrt war ich vor Angst, versuchte trotzdem zu flüchten und kippte hinterrücks von meinem Stuhl. Mein Kopf schlug heftig gegen die

Wand und ich sah kaum noch etwas, bis auf die grässlichen Augen, wie sie sich näherten. Bei mir angelangt, umschloss der Geist, oder was auch immer es war, meinen Hals, hob mich vom Boden auf und drückte mich gegen die Holzbalken hinter mir. Ich bekam keine Luft, erstickte fast, als das Biest seinen Schlund öffnete und mich zu verschlingen drohte.

Zu meinem Glück betraten genau in diesem Augenblick die anderen das Zimmer und eilten sofort zu mir. Der Geist war verschwunden und ich fiel wie ein nasser Sack auf den Boden, als sich die Tür geöffnet hat. Ich konnte kaum sagen, was geschah. Noch immer war ich wie gelähmt. Sophie fasste mir an die Stirn und prüfte, ob ich Fieber hätte, doch mein Kopf war kühl, von Schweiß überströmt und bleich wie Mehl. Mein Körper zitterte wie ein totes Blatt an einem Baum im Windzug. Phillip und David hatten große Schwierigkeiten mich aufzurichten, geschweige denn in eines der Betten zu legen, während Sophie ein feuchtes Handtuch holte und mir, als sie zurückkehrte, sorgsam auf die Stirn legte. Alle wünschten mir eine gute Nacht und Erholung, bevor sie sich in ihre eigenen Betten legten. Ich konnte lange Zeit nicht einschlafen, bis mich die Erschöpfung schließlich irgendwann einholte und meine Augen einfach zufielen.

Kapitel 2: „Raue See"

Meine Träume waren getrübt von Tod, Geistern und einer unaussprechlichen Leere in mir, die beklemmend echt wirkte. Kopfschmerzen plagten meinen Kopf, als ich erwachte. Ich setzte mich auf und stütze meine Stirn vor Schmerzen auf meiner Hand ab. Durch sie konnte ich nicht einen einzigen klaren Gedanken fassen. Eigentlich wollte ich nachprüfen, ob sich nun, wo es hell war, etwas finden ließ. Wenigstens eine kleine Spur, einen winzigen Hinweis oder etwas, das zumindest entfernt Aufschluss darüber geben konnte, was am Abend zuvor geschah. Doch mein Geist war zu schwach, um konzentriert den Raum abzusuchen. Viel mehr als den deutlichen roten Fleck an der Wand, konnte ich nicht erspähen. Nach einiger Zeit, die ich so auf dem Bett saß, erwachte Phillip und sah, wie es mir erging. Er stand auf und brachte mir freundlicher Weise ein Glas Wasser und setzte sich neben mich auf die Bettkante. Eine Zeit lang beobachtete er mich wortlos, dann begann er, über die Nacht zu sprechen. Ich erzählte ihm vertrauensvoll was geschah, aber er glaubte mir kein einziges Wort von alledem. Er hinterfragte das, was ich sagte und nickte als ob er jeden Satz aus meinem Mund verstand, doch in seinen Augen war deutlich zu sehen, dass er mich für einen Irren hielt. Sicher dach-

te er darüber nach, mich in ein Sanatorium einzu-
weisen, oder mich zumindest zu einem Arzt oder
einem Psychologen zu schicken. Sagen, tat er allerdings nichts. Wortlos stand er nach einer kurzen
Pause auf und sah nach David und Sophie, ob diese noch schliefen. Er weckte sie mit den Worten,
dass es bald Frühstück geben würde. Mit einem
betrübten Gesicht nickte er mir zu und verließ
langsam den Raum.

Ich saß noch eine Weile auf dem Bett, nachdenkend über das Gespräch und wie Phillip sich verhielt. Ich schaute herüber zu den anderen, als sie
sich langsam regten und streckten. David beäugte
mich verschlafen. Er murmelte ein „Guten Morgen" und fragte gleich danach, wie es mir ginge.
Ich antwortete nicht, sondern blickte nur zurück,
zuckte leicht mit meinen Schultern und nickte.

Wir verschwendeten nicht viel Zeit, sondern be-
eilten uns und folgten Phillip, als wir fertig ange-
zogen waren. Es war früh am morgen, nur zwei
oder drei Tischgruppen waren bereits von anderen
besetzt, als wir im Erdgeschoss ankamen. Wir setzten uns zu Phillip, der an einem Tisch in einer Ecke
saß. Wir schwiegen. Die Bedienung kam, wir bestellten etwas zu Essen und Tee für uns alle, danach trat wieder Stille ein. Es war eine äußerst be-
drückte Stimmung; jeder war in sich gekehrt. Mit
gesenktem Kopf und schwerer Miene saß jeder von

uns am Tisch. Ich stütze meinen Kopf wieder auf meiner Hand ab, der Ellenbogen auf der Tischplatte; Sophie streifte nervös über ihr Bein, David saß einfach nur ruhig auf seinem Stuhl und Phillip spielte aufgeregt mit seinen Finger auf der Stuhllehne herum. Von draußen schien kein Licht herein, es war Dunkel, ähnlich wie bei später Dämmerung. Ein Gewitter zog auf und nach einer kurzen Weile, die wir im Speisesaal saßen, begann es leicht zu regnen.

Wir aßen und tranken, als unsere Bestellung schließlich gebracht wurde, nur redeten wir noch immer nicht. Irgendwann ließ ich ein lautes Seufzen von mir. Ich fragte, ob wegen mir alle schweigen würden – wieder Stille. Dann gab ich die Situation genau so wieder, wie es wirklich geschah, doch noch immer sagte keiner etwas. Ich atmete einmal tief ein und aus, und versprach, dass es meiner Psyche gut erging, dass ich es mir selbst nicht erklären konnte und dass ich hoffte, dass nun nicht alles vorüber sei. Endlich brach Sophie die Mauer und erklärte mir so verständnisvoll wie sie konnte, dass sie sich lediglich Sorgen mache, dass ich beängstigend ausgesehen habe und sie nicht wollte, dass mir etwas schlimmes zustoße. Phillip stieg in die Erklärung mit ein und sagte mir, dass er ähnlich denkt, auch Sorgen um meinen geistigen Zustand hat, er mich aber niemals in ein Sanatorium hätte einweisen lassen, weil ich Beinah so etwas wie ein Bruder für ihn war. David schwieg nur und hielt sich dezent zurück. Ich war betrübt und geschmeichelt zugleich. Einmal, weil sie sich Sorgen machten und ich ihnen wichtig war, aber auf der anderen Seite, weil ich eine Art Ballast darstellte. Nach kurzem innehalten erwiderte ich, dass ich mir Mühe geben würde, mich unter Kontrolle zu halten. Die Stimmung zwischen uns war zwar nach wie vor angespannt, doch besserte es sich mit der Zeit. Insbesondere nachdem ich die Aufmerksamkeit von mir lenkte, indem ich Sophies verletzten Arm untersuchen wollte. Die Wunde war zwar bereits geschlossen und sah alles andere als besorgniserregend aus, dennoch ergab sich hieraus ein neuer Gesprächsfaden.

Nach dem Frühstück entschieden wir, uns den Hafen anzusehen um vielleicht ein Schiff zu finden, welches bereit war, uns auf die Insel zu bringen. Zunächst gingen wir auf unser Zimmer, um Regenschirme und unser Geld zu holen, danach verließen wir das Gebäude.

Der Regen wurde heftiger und tat regelrecht weh, sobald er eine unbedeckte Hautstelle traf. Durch die extra angelegten Straßenrinnen floss das Wasser direkt zum Hafen und von dort aus zurück ins Meer, sonst hätte so ein Regen die Stadt schnell überflutet. Außer einigen Arbeitern, die mit erbostem Gesichtsausdruck ihre Aufgaben bewältigten, befand sich keine Person freiwillig auf den Straßen, mit der Ausnahme von uns.

Wir betraten nahezu jedes Geschäft auf unserem Weg, um dem Regen so lange wie nur irgend möglich auszuweichen; es schien, als würde dieser nie weichen. Unser erster Halt war ein kleines Antiquitätengeschäft, zwei Straßen entfernt von der Herberge, kurz hinter dem Marktplatz. Das Inventar des Ladens war überwiegend einfacher Standard: einige Taschenuhren und ähnliche kleine, taschentaugliche Waren lagen auf dem Tresen sorgfältig ausgebreitet, alte Lampen und Möbelstücke standen im hinteren Bereich des Geschäftes. In der Mitte waren die sonstigen Dinge aufgebaut, wie unter anderem Taschen, Sonnen- und Regenschirme oder verschiedene Mäntel und Jacken an drei ausladenden Garderobenständern. In einer Ecke des Raumes allerdings, befanden sich einige absonderliche Dinge. Die meisten davon waren mir bis dato unbekannt. Mit fragendem Blick schritt ich langsam auf eine der Vitrinen zu, hinter denen die meisten Artefakte eingeschlossen waren. Ich begutachtete die Stücke sehr genau, um eventuell ihre Abstammung grob bestimmen zu können oder zu schätzen, wie alt diese wohl waren. Genaues konnte ich allerdings nicht feststellen, bis auf die Tatsache, dass sie recht alt sein mussten. Sie schienen alle aus Korallen zu bestehen, zumindest zu einem großen Teil. Der Griff eines Dolches, der in der Mitte der Vitrine seinen Platz fand, bestand zum Beispiel aus einer bräunlich-rot gefärbten Koralle und das Metall der Schneide schien in einem sachten Blauton zu schimmern. Unter dem Dolch hing ein seesternartiges Etwas von zwei Nägeln herab; ebenfalls aus einer Koralle gefertigt, doch war in dessen Mitte ein Stein eingelassen. Der Stein war auf den ersten Blick tiefschwarz, doch bei genauerem hinsehen, erschien er plötzlich Farbe zu gewinnen. Ich beobachtete ihn mit zusammengekniffenen Augen und beugte mich weit über, um so nah wie möglich an ihn heran zu kommen. Ich meine, in diesem Moment ein kleines Auge erkannt zu haben, aus dessen Winkeln sich Flügel auszubreiten schienen. Unter dem Auge verliefen drei rote, geschwungene Linien. Vielleicht sollten sie Sonnenstrahlen darstellen, vielleicht aber auch Tränen – aus Blut. Das Gebilde war nur kurz zu erkennen, kaum genug um es sich wirklich zu merken oder zu begutachten, aber heute erinnere ich mich genau daran.

Den Kopf schüttelnd, sagte ich zu mir selbst, dass dies ja nicht sein könne, als ich mich wieder aufrichtete. Da bemerkte ich den Geschäftsinhaber der mich mit misstrauischem Blick beäugte. Ich fragte ihn vorsichtig, ob man die ausgestellten

Stücke einmal näher betrachten dürfe, da sie mich sehr interessierten und er ging zögernd in Richtung Vitrine, ohne seinen Blick von mir zu lassen. Ohne auch nur ein Wort zu sagen, schloss er den Kasten auf und öffnete dessen Türen, dann wandte er sich wieder Phillip und Sophie zu, die sich ebenfalls ausgiebig im Laden umsahen. Ich dagegen drehte mich wieder dem Stern zu. Er zog mich förmlich an, so als ob er wollte, dass ich ihn mitnehme, aber das war vielleicht auch nur meine etwas zu große Neugier. Langsam vorbeugend, konnte ich erneut das Auge erkennen, mitsamt den Flügeln und den Linien. Ich hielt kurz inne, bevor ich meine Finger ausstreckte um den Stern zu greifen. Als ich ihn schließlich in meiner Hand hielt, wurde mir plötzlich innerlich kalt. Ich schien mich zu entfernen, ohne mich wirklich zu bewegen, sah mich auf eine merkwürdige Art von außen, als steckte ich nicht in meiner Haut und alles erschien einsam und verlassen, doch es waren noch immer alle in diesem Raum nur auf eine Art leblos, farblos, obwohl sich im Grunde nichts änderte. Ich blickte unentwegt in den Kristall hinein, in die Mitte des Sternes. Das Gefühl schien intensiver zu werden, als ich entdeckte, dass die Iris leicht pulsierend leuchtete und sich zu bewegen schien. Ich wusste nicht was geschah, stand einige Momente regungslos da, das Auge beobachtend, bis ich den Drang den Stern zu halten schließlich überwinden konnte und ihn wieder zurück legte, bevor er noch schlimmere Dinge bewirken konnte. Kalte Schweißperlen rannen von meiner Stirn, als ich rückwärts von der Vitrine fortging - noch immer den Stern fixierend. Er schien zu leben, zu reden, noch mehr zu verlangen.

Ohne viele Worte zu verlieren, lief ich verängstigt aus dem Laden hinaus. Sicher waren die anderen verwundert, aber ich wollte nicht, dass sie sich noch mehr um meinen Zustand sorgten, weshalb ich vor der Ladentür nur kurz erklärte, dass wir schließlich auf dem Weg zu dem Hafen waren, um nach einem Kapitän zu suchen – oder wenigstens jemandem, der für die Schiffe oder deren Abfertigung zuständig war. Wir machten zwar noch einige Male halt, um uns vor dem Regen zu schützen, doch war mein Weg unbeirrt und ich wollte nicht noch länger darauf warten müssen von dort fort zu kommen. Sophie fragte mich, als wir uns gerade bei einem Vorbau eines Geschäftes unterstellten, was das für ein Gegenstand war, den ich in dem ersten Laden so lange angeschaut hatte. Ich überlegte kurz, da ich meines Wissens nach den Seestern nur für wenige Sekunden in den Händen hielt und fragte, wie lange ich denn darauf geschaut hätte. Sie erwiderte, dass es gut eine viertel Stunde lang war und dass es sie wirklich interessierte, was ich gefunden hätte. Ich schüttelte den Kopf, murmelte, dass dies nicht sein könnte und antworte danach - mit erhofft überzeugender Stimme - dass es nichts besonderes war, nur ein altes Schmuckstück, nicht mehr. Sophie schien leicht verdutzt, doch stellte zu meinem Glück keine weiteren Fragen.

Der Regen und der leichte Nebel der entstand, erschufen zusammen mit dem grauen, eintönigen, tristen Himmel eine sehr öde und beklemmende Stimmung. Von der oberen Hälfte der abschüssigen Straße, wo der Weg zu unserer Herberge abging, sah der Weg weitaus kürzer aus, als er letztendlich wirklich war. Wir schleppten uns von Unterstand zu Unterstand und von Laden zu Laden, bis wir schließlich die letzte Treppe hinab zum Hafen gestiegen sind. Hier standen neben den großen Lagerhallen lediglich kleine hölzerne Hütten, durch deren Rinnen Wasserströme flossen. An den Stegen lagen insgesamt vier Schiffe an, die auf den ersten Blick alle nicht sonderlich seetauglich erschienen. Die Straßen, Wege und Plätze waren leer. Scheinbar befand sich hier keine einzige Menschenseele. Wir liefen umher, suchten jemanden der uns weiter helfen konnte; wir liefen sogar zu den Schiffen und riefen hinauf, in der Hoffnung, dass unser Ausflug letztlich doch nicht ganz umsonst war. Eine Antwort bekamen wir aber nicht.

Wir liefen noch eine Weile lang ziellos umher, bis wir eine Kneipe am äußersten Rand des Hafens entdeckten. Kurzum entschlossen wir hineinzugehen und nach Seeleuten zu fragen. Bereits aus weiter Entfernung hörte man das Gegröle Betrunkener und uns war gleich bewusst, was wohl auf uns warten würde.

Wir öffneten die Tür – Stille – wir wurden von der gesamten Gesellschaft in der Kneipe beobachtet und gemustert. Unliebsame Gesellen waren es, die sich dort versammelten. Einige, gut ein dutzend, sahen aus, als wären sie Seeräuber gewesen. Zwischen ihnen saßen vereinzelt ein paar verarmte Kaufleute, ihrer Kleidung nach zu urteilen. Die restlichen Besucher teilten sich auf in Musiker, Hafenarbeiter und sonstigen Abschaum. Durch die schmalen Wege zwischen den Tischen hindurch schlängelten sich einige Bedienungen, die eher wie französische Prostituierte aussahen mit ihren engen Korsagen und der üppigen Schminke. Nach dem die Stille wieder verflogen war, wagten wir uns unter Gespött einiger Betrunkener tiefer in das Gebäude hinein. Unser erster Anlaufpunkt war natürlich der Gastwirt, der eifrig damit beschäftigt war, die Biergläser für weitere Füllungen kurz und ungründlich zu reinigen. Wir fragten ihn, ob er uns bei unserer Suche weiterhelfen konnte, ob er denn wüsste, welche der Personen für eines der Schiffe zuständig sei. Er blickte uns kurz mit einem zornigen Blick an und erwiderte nur, dass keine Hilfe auf der Getränkekarte stünde. David, der nicht sehr schmächtig gebaut war, schlug seine Faust auf den Tresen und sprach mit eindringlichen Worten, dass wir ein Schiff für die Überfahrt zu der Insel benötigten und dass der Wirt auch eine kleine Belohnung erhalten würde. Nach dem Aufschlag nickte der Wirt den Wachen neben der Tür zu, die er allerdings wieder fortschickte als er das Wort „Geld" hörte. Doch bevor er uns eine aussagekräftige Antwort gab, fragte er uns, ob wir die Insel „Isla de la muerte" meinten, wie sie im ortsnahem Volksmund heißen sollte. Wir schauten uns verdutzt an, unsicher darüber, was wir entgegnen sollten und berichteten ihm von unserem Auftrag. Der Wirt hielt inne und überlegte anscheinend, bis er sich zu erinnern schien und erneut fragte. Als wir diesmal nur zustimmten, musste er sich sichtlich ein Lachen verkneifen und er behauptete, dass wir nie jemanden finden würden, der zu dieser Fahrt bereit wäre. Er räumte allerdings gleich ein, dass es doch jemanden geben würde, diese Person uns jedoch nicht helfen würde. Offensichtlich war der Gastwirt bereits genug gestört von uns, denn er schickte uns mit einer abwinkenden Hand zu einem der Tische, wo wir die besagte Person finden sollten. Ein kurzes Danke rann über unsere Lippen, dann drehten wir ab und gingen zu dem Tisch.

Ein schmieriger alter Mann in einem ausgetragenen Rüschenhemd saß dort. Seine großporige Haut und seine aufgeschwemmte, rote Nase erzählten von seinen Geschichten im Suff und ließen darauf schließen, dass er entweder eine tiefreißende Erfahrung gemacht hatte, oder dass er in seinem Leben kläglich gescheitert ist, eventuell auch beides. Als wir uns näherten drang uns der Geruch alten Schweißes und billigen Whiskys in die Nase. Zu unserem Überraschen begrüßte er uns sofort freundlich und bat uns an seinen Tisch. Haggis, so wollte er genannt werden, da alle seine Freunde ihn so nennen würden. Wir schauten uns kurz um, konnten aber niemanden ausmachen, der auch nur die Ambition besaß, sich zu ihm gesellen zu wollen. Kurz entschlossen setzten wir uns zu ihm, obwohl ich vehement einen Brechreiz durch die stickige und zudem von Schweiß und Alkohol durchtränkte Luft unterdrücken musste – Sophie schien es nicht anders zu ergehen. Kurz vorgestellt unterbrach uns Haggis mit seinem Werdegang als erfahrener Seemann und welch prachtvolle Zeiten er angeblich erlebt hat. Es schien alles nicht mehr als ein Wunschdenken von ihm gewesen zu sein, denn so prachtvoll und teilweise glaubwürdig seine Geschichten auch waren – er saß volltrunken, allein und verlassen vor uns und bestellte bereits die nächste Flasche auf Anschreibung. Der Wirt reagierte nur mürrisch auf die Bestellung und wollte offensichtlich ablehnen diese anzuschreiben, aber Phillip nickte ihm zusichernd zu.

Plötzlich begann Haggis damit, von einem seiner letzten Aufträge zu sprechen, den er vor ein bis zwei Jahren bekam, genau konnte er sich an die Zeit nicht mehr erinnern. Er sollte für einige Glücksjäger zu einer nah gelegenen Insel übersetzen, ganze zwanzig an der Zahl. Weiter sprach er davon, wie er sie kennenlernte und dass sie dort etwas besonderes erwarteten, da zwar manchmal Lichter auf der Insel zu sehen waren, jedoch nie jemand dorthin gefahren sei. Es musste es sich also um ein altes Volk handeln, dachten sie und heuerten Haggis an. Er prahlte in diesem Augenblick wiedereinmal davon, dass er der unerschrockenste und kühnste Seebär war, den die sieben Meere je gesehen hätten und ihm die Volkssagen immer nur ein Lächeln bescherten. Unsere Augen öffneten sich; wir schauten einander an und fragten alle fast gleichzeitig, ob er die sogenannte „Isla de la muerte" meinte und gleich darüber hinaus, was bei der Überfahrt geschah. Haggis erschrak bei der geballten Reaktion auf seine Geschichte und war einige Momente lang sprach- und regungslos, dann nahm er die Whiskyflasche in die Hand, sank in sich zusammen und schüttelte nur sachte seinen Kopf. Er brachte keinen einzigen Ton mehr heraus, war in sich gekehrt, schien sich an etwas schlimmes zu erinnern. Sein ganzer Körper spannte sich an und verkrampfte sich; wir schauten uns unsicher an, dann wieder ihn; fragten, ob es ihm gut ginge, doch noch immer sprach er kein Wort. Dann zersprang die Flasche in seiner Hand in tausend Scherben und er ballte seine Finger zu einer Faust, aus der viel Blut rann. Wir eilten zu seinem Stuhl, ebenso wie eine Bedienung mit einem Handtuch in der Hand, bereit seine Hand zu verarzten. Noch immer war sein Körper angespannt, hart wie Stein und er bewegte sich kein Stück, doch als wir gebeugt vor und neben ihm standen, viel sein Kopf ein Stück zurück und er sprach mit leiser, schwacher Stimme, dass er darüber nicht weiter reden kann und wir ihn allein lassen sollten mit all dem, was ihm geblieben ist – dem Alkohol und seiner Erinnerung. Da wir zunächst nicht wichen, wurde er aggressiv und befahl uns regelrecht fortzugehen, worauf wir schließlich hörten. So erfreut wir darüber waren, dass wir einen Schritt weiter gelangt sind, so niedergeschlagen waren wir über die Aussichtslosigkeit, die sich anbahnte. Wir begaben uns auf den Rückweg zu unserer Herberge. Die Witterung hatte sich ein wenig beruhigt, der heftige Regen hat aufgehört und nur noch vereinzelt fielen ein paar Regentropfen vom Himmel auf uns hinab. Selbst ein Sonnenstrahl brach nah dem Horizont durch das Wolkenmeer hindurch und schenkte mit fahlem Licht betrübt einen kleinen Hoffnungsschimmer – berührte aber nicht unsere Gemüter.

Bereits auf unserem Weg zurück berieten wir über unser weiteres Vorgehen. David, so naiv wie er manches Mal war, schlug vor einen anderen Kapitän zu suchen, ließ aber ab, als Phillip und ich ihn darauf hinwiesen, dass es wohl in Anbetracht der Saga keine Person gäbe, die sich auf das Vorhaben einließe. Sophie hielt sich aus dem Gespräch völlig heraus. Sie entgegnete, dass es ausweglos sei und wir abbrechen könnten, wir niemals einen Weg finden würden. Schon ohne ihre Worte zu hören sah man ihr deutlich an, dass sie enttäuscht und am Boden zerstört war. Verständlich, nach unserer beschwerlichen Reise zu diesem Ort und dem nun so plötzlichen Rückschlag, kurz vor der letzten Hürde.

Auf unserem Zimmer schwiegen wir, bis ich das Wort ergriff und entschlossen sagte, dass wir erneut zu Haggis gehen und ihn überzeugen würden, uns zu helfen. Sophie blickte mich nach meinen Worten mit hochgezogenen Brauen an und fauchte mich zynisch an. Phillip und David hingegen grübelten nur kurz und erwiderten, dass es nicht schaden könne und ohnehin besser wäre, als nun einfach aufzugeben.

Dass sie mit ihrer überstürzten Annahme falsch lagen, sollte sich noch früh genug herausstellen, doch beachtete niemand - mich eingeschlossen - die an für sich unübersehbaren Zeichen.

Sophie schaute uns mit weit geöffneten, ungläubigen Augen an, schüttelte nur ihren Kopf und schlug die Hände auf ihren Schoß mit den Worten, wie wir uns diese „ach so vorzügliche Idee" denn vorgestellt hatten. Ohne einen genauen Plan in meinem Kopf zu haben, entgegnete ich ihr, dass wir einfach reden würden – mehr nicht; schauen was geschieht und spontan das weitere Vorgehen planen. Zum Abschluss des Abends entschlossen wir uns dazu, eine Kneipentour zu unternehmen. In erster Linie, um unsere Gemüter zu beruhigen, doch gleichzeitig auch mehr über die Einwohner, den Kapitän und die mysteriöse Saga zu erfahren. Außer einem verkaterten Kopf am nächsten Morgen, erbrachte uns der Rundgang allerdings nichts.

Nach dem gemeinsamen Frühstück im großen Saal schlenderten wir durch die Straßen um uns langsam der Taverne, in welcher wir versuchen wollten den Kapitän aufzusuchen, zu nähern. Wir verbrachten viel Zeit damit, das allgemeine Stadttreiben zu beobachten, die Schaufenster zu begutachten und die Möwen von einem Steg aus zu beobachten. Sie scheinen ruhiger geworden zu sein, zumindest versuchen sie nicht mehr so aggressiv und vehement die Ladungen der Arbeiter zu stehlen. Dennoch lag eine angespannte Stimmung in der Luft; nicht nur innerhalb unserer kleinen Gruppe. Es war ein allgemeines Gefühl, das einen überkam, sobald einen Moment lang Stille eintrat - eine Art Schaudern, welches einem langsam den Rücken hinunterläuft, gleich als könne man hören, wie das Rauschen der Wellen und das Wehen des Windes geisterhaft etwas flüstern wollten.

Jedem von uns erging es so, denn jeder versuchte das Gespräch aufrecht zu erhalten, auch wenn zeitgleich kaum etwas gesagt wurde. Nach einer Weile auf dem Steg machten wir uns auf zu der Taverne, die leider noch geschlossen hatte. Unserem Warten schlossen sich nach kurzer Zeit bereits andere Gäste an und wir verwickelten uns in Gespräche. Mit einer älteren Dame sprachen wir sogar über den seltsam gelaunten Kapitän, doch mehr als abfällige Worte hatte sie für ihn nicht übrig.

Als endlich geöffnet wurde, stapften an die 20 plötzlich gut gelaunten Menschen hinein, so auch wir. Wir begaben uns an einen Tisch in der Mitte des Raumes, um einen guten Blick auf die Eingangstür zu haben. Es vergingen viele Stunden und mit ihnen kamen und gingen gefühlt ebenso viele Biere wie Gäste. Kurz bevor die Taverne wieder schloss und nachdem unser mitgeführtes Geld fort war, gingen wir zum Schankwirt und fragten, ob Haggis nicht jeden Abend dort sei, woraufhin er unter Schnauben antwortete, dass es ihn selbst wunderte, aber die Angelegenheiten anderer ihn nichts angingen. Wiedereinmal enttäuscht liefen wir langsam zurück, um unsere Trunkenheit auszuschlafen und am nächsten Abend erneut nach dem alten Mann zu sehen, diesmal ohne zu tief in das Glas zu schauen. Doch auch am nächsten Abend war er an seinem Stammtisch nicht anzutreffen, so befragten wir einige andere Gäste nach ihm, allerdings behaupteten alle Gäste von nichts zu wissen. Gerade als wir gehen wollten, lief ein niedrig gewachsener Mann mit grimmiger Miene geradewegs zu uns. Seine Augen waren durch seine Kapuze bis auf eine schwache Silhouette kaum erkennbar. Neben der aus der Kapuze ragenden, knöchernen Nasenspitze, fiel nur eine Strähne seines langen, schwarzen Haares heraus. Mit überraschend tiefer Stimme fragte er uns aus seinem zugezogenen Mantel heraus, was wir von „dem Alten" wollten. Skeptisch der fragwürdigen Gestalt gegenüber erwiderten wir, dass es unsere eigene Angelegenheit sei. Nach einem Raunen gab er uns mit einer zwielichtigen Freundlichkeit den Hinweis, einmal in seiner Hütte, unweit des Hafengeländes entfernt, nach ihm zu sehen. Über einen

Fußweg, direkt an der Taverne vorbei, sollte sie zu erreichen sein. Nach diesen Worten verschwand die Person mit der gleichen Schnelligkeit, wie sie gekommen war und ohne auch nur einen Windhauch zu hinterlassen.

Trotz all der Missmut, die wir in uns trugen, beschlossen wir dem nachzugehen, aber erst am nächsten Tag bei Sonnenschein. Für solch ein Unternehmen war uns die Nacht doch viel zu riskant.

Gut eine viertel Stunde lief man den schmalen Weg entlang, bis man zu einer etwas größeren, halbwegs freien Fläche direkt am Ufer gelang, an dessen Rand in einiger Entfernung ein kleines Schiff zu erkennen war, das tief versunken im feuchten Sand der Küste feststeckte. Vielerlei Pflanzen wucherten wild auf dem offensichtlich selbst geebnetem Platz. Ein paar Meter weiter entdeckten wir schließlich eine kleine Fischerhütte ohne Fenster. Dichtes Moos bedeckte die ganze Front und die Seiten des Hauses, selbst das Dach war kaum zu erkennen. Von drinnen war ein leises Knacken von Holz zu hören, als wir langsam der Hütte nähertraten. Kurz vor der Tür hörten wir, dass innen jemand sein musste, es sprach zwar jemand, allerdings waren keine genauen Worte zu erkennen. Ich presste mein Ohr gegen Tür, um zu hören, ob es mehrere Personen waren oder was gesagt wurde. Ebenso machten es die anderen drei, doch niemand war auch nur entfernt in der Lage etwas zu verstehen. Mit flüsternden Worten beschlossen wir, die Tür zu öffnen und zu sehen, was los sei, nachdem niemand auf ein Klopfen reagierte. Die Tür war verschlossen, wir rüttelten an der Klinke, doch nichts bewegte sich. Zunächst fragten wir laut, ob jemand dort sei – keine Antwort. Selbst auf unser Rufen hin blieb alles ruhig und still, ausgenommen dem leisen aber trotzdem eindringlichen Gemurmel.

Die Stimme aus dem Inneren wirkte bedrohlich, gar beängstigend aber wir beschlossen dennoch die Tür gewaltsam zu öffnen. Vielleicht brauchte er Hilfe, dachten wir uns. David nahm ein paar Schritte Anlauf, warf sich mit voller Kraft gegen die Tür und fiel ins innere. Das Tageslicht gewährte nur spärlich eine Sicht hinein, daher zückte Phillip ein Taschenfeuerzeug und trat in die Hütte ein.

Auf einem morschen Stuhl sitzend, fanden wir Haggis vor. Mit weit aufgerissenen, starren Augen blickte er in den leeren Raum. Er wippte mit seinem Oberkörper vor und zurück, seine Arme waren verschränkt vor der Brust. Er schien uns gar nicht bemerkt zu haben. Sein Mund formte weiterhin unverständliche Worte. Langsam auf ihn zu gehend, sprach ich zu ihm. Ich fragte, ob er uns hört, aber er zeigte keine Reaktion. Doch plötzlich, gerade als ich ihm auf die Schulter fasste und in seine Augen schaute, packte er mich wie besessen an der Kehle, drückte mich mit all seiner Kraft gegen die gegenüberliegende Seite des Raumes und würgte mich. Sophie, Phillip und David mussten ihn zusammen von mir zerren und auch nur so reichte ihre Kraft knapp aus. Als sie ihn auf den Boden gezerrt hatten, fing er an, sich langsam wieder zu besinnen. Seine Stimme wurde stärker und er erkannte uns. Zwar schickte er uns zunächst fort, doch als wir uns weigerten, erzählte er uns nach einigem Zögern, was er sah. Er sagte, dass es wohl wahr sei, dass er vor langer Zeit fast regelmäßig zu der Insel übersetzte, bis zu jenem Tag, als eine okkultistische Gruppe die Seemänner vertreiben wollte. Viele wurden getötet, berichtete er unter der Einschränkung, dass er nicht wusste, ob das was er sah, Wirklichkeit war oder ob „sie" in seinen Geist eingedrungen waren. Er wachte nach den Geschehnissen in einem Hospital auf. Es wurde ihm erzählt, dass er durchnässt, mit zerfetzten Kleidern und unter einem Hitzeschlag leidend, am Strand lag. Wie er dort hinkam, wusste er selber nicht und es konnte ihm auch keiner berichten. Gerüchte, dass er seine Mannschaft getötet hätte, breiteten sich aus, weshalb er keine Arbeit mehr fand, sagte er. Er erzählte noch von einem großen Monster auf See, das dem aus meinem Traum zu gleichen schien.

Es war nahezu eine Qual, ihn davon zu überzeugen uns trotz seiner Erinnerungen auf die Insel überzusetzen. Wir redeten auf ihn ein; flehten und bettelten ihn geradezu an, uns doch bitte auf die Insel zu bringen. Selbst unsere guten Zureden, dass er auf diesem Wege vielleicht seine Unschuld beweisen konnte oder um zu zeigen, dass sein Geist doch nicht so wirr war, wie all die Leute behaupteten, stießen zunächst auf taube Ohren, bis wir ihm offensichtlich doch zu lästig wurden und er mit betrübten Gesicht und einem Kopfschütteln zustimmte.

Er befahl uns, am nächsten Tag gegen elf Uhr nachts bei den Docks auf ihn zu warten. Wir sollten mit keiner Person sprechen, uns am besten gar nicht erst sehen lassen. Wir nickten und ließen ihn auf seinen Wunsch hin allein.

An dem besagten Abend standen wir, beschienen von mattem Mondlicht, starr an einigen Transportkisten. Von dort aus konnten wir die meisten Teile des Hafens einsehen. Es waren nur wenige Menschen zu dieser Zeit am Hafen unterwegs, die meisten davon waren zwielichtige Gestalten, die ebenso wenig bemerkt werden wollten, wie wir. Ich hatte ein ungutes Gefühl, dort allein mit den anderen auf einen verrückten Seemann zu warten, mit der kalten, rauen Seeluft im Nacken. Wir warteten gut eine dreiviertel Stunde, bis Haggis schweren Schrittes in unsere Richtung humpelte. Er begrüßte uns mit einem harschen „Hm" und winkte ihm nach. Mit den nötigsten Mitteln bepackt liefen wir zu dem entlegensten Schiff, das noch vor Anker lag. Viele der Schiffe, die wir seit unserer Ankunft sahen, waren bereits wieder ausgelaufen. Es lagen nur noch zwei größere im Hafen und unseres schwamm im Schatten eines der beiden Schiffe.

Es gab keine Planke mit der man auf das Schiff hätte gelangen können; wir mussten an einem Seil hinauf an Bord klettern. Sophie wäre bei diesem Versuch beinah ins Wasser gefallen, aber zum Glück konnte ich in der letzten Sekunde ihre Hand greifen und sie an Bord ziehen. Schwer atmend von dem Schreck, stützte sie sich an meiner Schulter ab und beruhigte sich. Ihr Atem kitzelte an meinem Hals, es war ein schönes Gefühl.

Als David als letzter auf das Schiff gestiegen war, befahl uns Haggis mit harschem Ton den Anker zu lichten und die Segel so schnell wie möglich zu setzen. Das scheinbar recht morsche Holz des Schiffes knarrte bei jedem Schritt und jeder Bewegung unter den Füßen. Niemand von uns hatte ein sicheres oder gar gutes Gefühl auf Deck. Nur Haggis stand fest entschlossen mit eisernem Blick verkrampft am Ruder und kreischte uns Befehle entgegen, als seien wir auf einem Sklavenschiff. Selbst

Sophie, die normalerweise keine Späße wagte wenn etwas zu erledigen galt, raunte mir leise zu, wann er denn seine Peitsche zücken würde. Es war tatsächlich das einzige, das noch fehlte.

Zu unserem Unglück zog auch noch ein Sturm auf. Der ohnehin schon dunkle Nachthimmel wurde allmählich pechschwarz – binnen Minuten. Selbst der Vollmond, der zuvor noch ein sachtes, kaltes Licht spendete, war nun als kaum mehr ein schwaches Schimmern in einer Hochburg aus Wolken zu sehen. Der Wind wehte spürbar stärker und beißender mit jedem Meter, den wir uns aus dem Hafen hinaus bewegten und Regentropfen, gefühlt so groß wie eine Faust, zerplatzten unter Schmerzen und mit Knallen auf den Planken und unseren Körpern. Immerhin wurden wir durch das Unwetter schneller, wodurch wir, meiner Hoffnung nach, noch eher die Insel erreichen würden.

Auf einmal, ohne jegliche Anzeichen oder Vorahnung, beruhigte sich das Unwetter, so als ob die Zeit mitten auf See still stand; sich nicht wagte, sich zu regen. Durchnässt trieben wir in der Stille, genau auf Mittelweg zwischen den beiden Ufern. Der Himmel war noch immer von schwarzen Wolkentürmen bedeckt und man sah kaum mehr die Hand vor Augen. Nur zwei Lampen vor der Kapitänskajüte hatten den Sturm überstanden und gaben fahl ein schwaches Licht von sich. Noch geschwächt wischte ich mir mit einer Hand das Wasser aus dem Gesicht, während ich mich mit der anderen am Rand des Schiffes festhielt. Phillip, David und Sophie waren allesamt auf dem Deck verteilt, hielten sich ebenso fest und schauten verwundert umher. Ich blickte auf zu Haggis, der sich immer noch an das Ruder festkrallte, als sei es sein einziger Halt.

Plötzlich schallte Sophies Stimme über das Deck. Sie rief, dass auf der Insel Lichter seien, ganz nah am Ufer. Ich drehte mich um, kniff meine Augen zusammen und suchte die Küste ab, bis ich ein schwaches Leuchten hinter wenigen Bäumen sah. Genau in diesem Moment war es, als Haggis einen beinah ohrenbetäubend schrillen Schrei ausstieß, fiel und sich scheinbar von Schmerzen verkrampft auf dem Boden wälzte. Wir eilten so schnell wie wir konnten zu ihm, um zu helfen. Haggis war nicht mehr bei Sinnen. Er lag auf dem Rücken, sein Kopf lag verkrampft im Nacken mit weit aufgerissenen Augen. Seine Ellenbogen stießen ihn vom Boden ab und seine Hände glichen Klauen aus Stein. Er prustete vor Schmerzen, versuchte gleichzeitig etwas zu sagen. Ich glaube in seinem Stammeln eine Warnung gehört zu haben, aber erst später sollte ich mir dieser sicher sein. Denn genau in diesem Moment wurde das Feuer, das wir zuvor in der nähe des Strandes sahen, größer und stieß eine große Rauchsäule ab. Das Schiff kam wieder ins Wanken. Ich stand auf, da ich keinen Wind spürte und blickte verwundert umher, bis ich sah, wie das Wasser um das Schiff umher Wellen schlug. Zunächst waren sie nur klein, so wie bei schwacher Fahrt, doch sie wurden stärker, bis sie das Schiff fast zum Kippen brachten. Über uns öffnete sich das Wolkenmeer, aber nur ein Stück, genau über unserer Position und unverständliche Stimmen, wie ein Murmeln, Summen oder Stöhnen, schallten durch die Luft.

Meine Sicht verschwamm. Mir wurde schwindelig und ich bekam schlagartig Kopfschmerzen. Ich stützte mich mit einer Hand auf dem Boden ab, um wieder ein wenig Halt zu bekommen. Angestrengt versuchte ich einen der anderen auf dem Schiff zu erkennen. Ich glaube, ich habe Sophie auf dem Boden liegen sehen, nur ein paar Meter von mir entfernt. Sie war ebenso so verkrampft wie Haggis vor mir. Die Stimmen wurden lauter, man konnte sie klar und deutlich hören, aber nicht verstehen – nicht einen Laut. Sie waren auf einer Sprache, die ich noch nie hörte, einer beängstigenden Sprache, einer grässlichen Sprache. Kreischen löste Stöhnen ab, Raunen – Fauchen. Nach einem nicht allzu kurzen Moment verstummten die Stimmen, nur um Platz für einen Schrei zu schaffen, der beinah mein Trommelfell zerfetzte. Zusammen mit diesem kippte das Schiff fast auf die Seite und eine schleimüberzogene, schuppige Hand – gut eine Birke groß, fuhr aus dem Wasser empor und streckte seine Krallen in Richtung Schiff.

Panik ließ mich erstarren, ich wollte Schreien – musste brechen, wollte laufen – fiel, streckte meine Hand nach Haggis aus – brach zusammen, und sah gelähmt dem Schrecken zu, wie es sich langsam aus dem Meer zog. Mit seiner Linken hielt sich das Ungetüm am Rand des Schiffes fest, während seine rechte Hand, sowie etwas, das den Kopf darstellen sollte aber wie ein Fisch schien, auftauchten. Das Schiff zerbrach in der Mitte unter der Last der abscheulichen Kreatur. Es schlug gegen den Mast, der dann in meine Richtung stürzte und die Planken neben mir zerbersten ließ. Holzsplitter, sogar ganze Bretter flogen weit in die Luft und ich verlor mein Bewusstsein.

Kapitel 3: „Die Insel"

An den Strand gespült, öffnete ich unter Schmerzen meine Augen. Vereinzelt lagen um mich herum kaputte Planken, Bretter, Stofffetzen und sonstige Überbleibsel vom Schiff. Mehr konnte ich ohne meine Brille nicht erkennen. Ich überprüfte meine Gliedmaßen nach gebrochenen Knochen oder offenen Wunden, aber ich hatte Glück; nur mein Gesicht war von Blut bedeckt; wahrscheinlich von einer Platzwunde, dachte ich. Ich zog mein Hemd aus, das ohnehin nur noch von wenigen Strängen gehalten wurde, und band es mir um meinen Kopf. Mit meiner rauen Kehle rief ich, wieder und wieder so laut ich nur konnte nach Sophie, Phillip und David. Es kam nie eine Antwort, bis ich plötzlich ein Stöhnen, nicht weit von mir entfernt, hörte. Ich blinzelte in die Richtung, fragte nach Sophie aber mehr als ein weiteres Stöhnen kam nicht. Mit allen Kräften die mir noch verblieben, machte ich mich auf, in die Richtung zu kriechen – um zu laufen, war ich zu schwach. Nach einigen Metern konnte ich Sophie grob erspähen und ich beeilte mich zu ihr zu gelangen. Sie war kaum bei Bewusstsein als ich bei ihr ankam; ich konnte sie weder ansprechen, noch sie wecken. Als ich ihre Hand nahm, krallte sie sich plötzlich an meinem Arm und brach ihn beinah. Sie schreckte hoch, ließ dabei einen panischen Schrei von sich. Danach saß sie regungslos, mit immer noch aufgerissenem Mund vor mir, ganz so als sei sie versteinert gewesen. Erst nach Minuten, in denen ich sie hielt, löste sie sich aus dem Krampf und sah mich mit ihrem bleichen Gesicht an. Ich sah in ihren Augen, dass sie etwas sagen oder fragen wollte, aber sie brachte keinen Ton heraus. Sie ließ ihren Blick langsam nach unten, zu ihren Beinen hin, wandern. Erst jetzt bemerkte ich, dass ihr rechter Unterschenkel ab stand. Etwas unterhalb des Knies war ihr Bein gebrochen; ein kleiner Knochensplitter ragte aus ihrer Haut und gab Aufschluss über die Schwere der Verletzung. Ohne eine Miene zu verziehen, blickte sie wieder in meine Augen und wurde ohnmächtig. Ich machte mich auf, die Überreste des Schiffes abzutasten, um mögliche Dinge zu finden, um Sophies Bein noch während ihrer Ohnmacht notdürftig zu richten, um ihr soviel Schmerz wie möglich zu ersparen. Nach einer geschätzten halben Stunde war ich zurück um Sophie zu verarzten. Leider ist sie mit einem Kreischen aufgewacht, als ich gerade dabei war, ihren Unterschenkel in eine anatomisch möglichst korrekte Position zu biegen. Zumindest soweit korrekt, wie ich es sehen und fühlen konnte. Nicht nur Sophie wurde während ihrer Behandlung regelrecht übel von den Schmerzen und den Geräuschen. Mein Magen stand regelrecht Kopf, als jede noch so kleine Bewegung ein ungesundes Knirschen und Matschen verursachte. Ihr ohnehin schon blasses Gesicht wurde Kreidebleich und sie musste jegliches Schreien unterdrücken, um sich nicht zu übergeben.

Leider war nirgendswo eine Spur von David oder Phillip auszumachen. Auch Sophie konnte keine Hinweise auf deren Verbleib erspähen, wie sie mir später erzählte, als ich sie auf meiner Schulter gestützt umher führte. Mit einem Schritt knackte es laut unter meinen Füßen und ein beißender Schmerz durchzog mein Bein, wodurch ich fiel und Sophie auf mich. Ich bin auf meine bis dahin noch unversehrte Brille getreten, die mit mir an Land gespült worden sein musste und nun nur noch über ein intaktes Glas und ein verbogenes Gestell verfügte. Sorgsam zog ich die Splitter aus meinem Fuß, bog grob meine Brille zurecht, setzte sie auf und richtete mich zusammen mit Sophie wieder auf. Wenigstens besaßen wir zusammen noch zwei gesunde Beine und drei funktionierende Augen. Wir sprachen beide nicht von der Seefahrt, humpelten nur schweigend einen Trampelpfad entlang, der ins innere der Insel führte. Wir hofften dort noch einen der drei anderen zu entdecken oder wenigstens Spuren oder ein Zeichen über deren Verbleib. Unsere Suche, wenn man unser planloses einher laufen so nennen konnte, sollte aber für die erste Stunde erfolglos bleiben, bis ich bemerkte, wie sich die Sonne bereits zum Untergang neigte. Wir mussten sehr lange bewusstlos gewesen sein. Ich beschloss einige Beeren vom Wegesrand mitzunehmen, obwohl Sophie dagegen war, da wir nicht wissen konnten, ob sie verzehrbar waren oder etwa gar giftig. Da wir ohnehin auf der Insel sterben würden, so dachte ich, wäre es letztendlich egal, wann und weswegen wir sterben würden. Vielleicht wären giftige Beeren sogar besser gewesen.

Mit einem Satz stand plötzlich eine stämmige, rothaarige und spärlich bekleidete Person vor uns, bewaffnet mit zwei Keulen. Sophie schrie auf und wir stürzten nach hinten. Es war David, der laut auflachte, als er merkte, dass sein Schreck funktionierte. Ich wusste nicht, und bin mir noch immer nicht sicher, ob es Irrsinn war, der ihn dazu trieb, oder ob er sich aus unserer Situation wirklich so wenig machte.

Wenigstens entschuldigte er sich schnell und half uns beiden auf und stützte uns. Er sagte uns, dass er vor einigen Stunden, wie Sophie und ich, zusammen mit Phillip in einer Bucht aufgewacht ist und sie bereits dachten, wir wären auf See ums Leben gekommen. David führte uns zu der kleinen Lichtung, die er mit Phillip fand, als sie die Umgebung erkundeten.

Die Stelle war nicht mehr, als ein bisschen nie-
dergetretenes Gras mit einem kleinen Lagerfeuer
in der Mitte, umgeben von niedrigen aber dichten
Büschen. Neben dem Feuer lag ein großer Haufen
Früchte, die auf den ersten Blick genauso aussahen, wie die Beeren die ich sammelte. Ich öffnete
verwundert meine Hand, um die Beeren zu ver-
gleichen. Überrascht fragte mich David, woher ich
wüsste, dass die Beeren essbar waren und erzählte
weiter, dass ihnen eine heilende Wirkung nachge-
sagt wird. Die ursprünglichen Bewohner der Regi-
on aßen sie allerdings nicht, sondern verwendeten
sie für Rituale. „So ähnlich wie Voodoo", meinte er
mit mystisch anmutender Stimme, und lachte.

Es dauerte nicht lange, bis Phillip mit einem Lachen auf dem Gesicht ins Lager stapfte und uns
mit einer festen Umarmung begrüßte. Auch er be-
kundete, wie bestürzt die beiden waren, als sie
mich und Sophie nicht fanden und beteuerte sogleich, dass sie stundenlang auf der Suche nach
uns waren. Da ich keine Lust hatte, das Wiederse-
hen so sehr in die Länge zu ziehen, wendete ich
das Gespräch ab, indem ich einfach behauptete,
dass wir schließlich doch noch ein wenig Glück
hatten und wir dies genießen sollten. Ich weiß
nicht warum ich die freudig-überraschten Gesichter nicht länger zu sehen versuchte, schließlich
freute ich mich auch. Vielleicht war es die Angst

vor dem, was war und eventuell noch kommen mochte, oder vielleicht ein sich anbahnender Nervenzusammenbruch, vielleicht war ich aber auch einfach nur zu erschöpft. Wir saßen bis lang in die Nacht hinein am kleinen Lagerfeuer und lauschten aufmerksam den Geräuschen von Tieren, die durch das Dickicht der Büsche krochen und dem Rascheln der Äste im Wind. Nach dem Schrecken auf See, war mir diese Ruhe, als der Mond sacht zu uns hinunter schien, beinahe zu ruhig. Ich hatte stetig das Gefühl, beobachtet zu werden - selbst in den stillsten Momenten. Es war unheimlich hier draußen, fernab der Zivilisation, wenn das Schiff, das uns auf die Insel gebracht hat, vollkommen zerstört am Ufer verteilt lag und man genau wusste, dass irgendwo irgendetwas lauerte, das einen am liebsten schon längst tot gewusst hätte. Die Gespräche, die wir versuchten zu führen, konnten mich auch nicht von diesen Gefühlen ablenken und ich glaube, jedem von uns erging es ebenso. Zumal Phillip berichtete, dass er auf der Suche nach Haggis war, ihn aber nirgends finden konnte. Innerlich hatten wir die Hoffnung für ihn bereits aufgegeben, dennoch wollte Phillip am morgen noch einmal aufbrechen und suchen. David, der die meiste Zeit schweigend das Feuer anstarrte und langsam gedankenversunken Beere für Beere aß, legte sich nach einer Weile als erster schlafen. Phillip tat es ihm gleich, nachdem wir uns noch eine geschätzte halbe Stunde anschwiegen. Nur Sophie und ich hätten nie schlafen können. Wie in Apathie saß sie regungslos neben mir und blickte ausdruckslos über die Büsche hinweg ins Nichts. Ich beobachtete sie eine lange Zeit, bis mir ihre Hand, die nicht weit von meiner entfernt im Sand lag, in die Augen fiel. Ich überlegte einige Minuten, ob ich mich ihr nähern sollte. Mir schossen so viele Fragen durch den Kopf, „Wie würde sie reagieren?", „Würde ich sie abstoßen?", „Ist das ein falscher Moment? Oder genau der richtige?", Was, wenn ich sie zu sehr überrumpele?". Plötzlich, noch während meines Denkens, schob sich meine Hand in Richtung ihrer. War es mein Unterbewusstsein, das einfach das tat, wozu ich mich nicht traute? Unsere Hände berührten sich. Sie zeigte keine Reaktion. „Nein, sie will es nicht, ich muss sie wegnehmen", dachte ich und meine Hand glitt über ihren kleinen- und Ringfinger. Wieder nichts; „Was tue ich eigentlich? Wir wären fast gestorben und jetzt versuchst du wirklich das?!", warf ich mir selbst vor. Meine Hand bemühte sich weiter und umschloss vorsichtig die Ihre - nur ganz leicht. Wie erschrocken, griff sie fest nach meinen Fingern, blieb aber regungslos sitzen. Auf einmal war Ruhe in meinem Kopf; ich dachte nicht mehr nach. Ihr Griff schmerzte fast, aber es tat gut, ich fühlte mich sicher, geborgen. Mehr, als ein Kind, das neben den eigenen Eltern einschläft, je hätte fühlen können. Wie von Sinnen, beobachtete ich unentwegt unsere sich umschließenden Hände; so sehr, dass ich Sophie nicht bemerkte, wie sie mich nun doch ansah. Erst, als sie sich näher an mich setzte, ließ ich meinen Blick abwandern. Wir schauten uns an, tief in die Augen. Unsere Blicke jagten sich förmlich, sprangen umher, immer wieder, von Auge zu Auge. Ich sah die Verzweiflung in ihren Blicken - die Trauer, die Angst. Sie suchte nach Halt und Kraft, die ich versuchte mit meinen Blicken zu schenken. Ich weiß nicht, ob es mir wirklich gelang, aber ich schätze wohl nicht.

Nach einigen Augenblicken beruhigte sich unser Augenspiel und wir schauten uns still an, bis Sophie ihren Kopf an meine Schulter lehnte. Wie aus Reflex legte ich meinen Arm um sie. Wir ließen uns langsam auf den Boden gleiten – Arm in Arm. Als wir dort lagen, presste sich Sophie mit all ihrer Kraft an mich und vergrub ihren Kopf in meiner Schulter. Mehr als Schluchzen und etwas feuchtes an meinem Hals, gab Sophie in dieser Nacht nicht mehr von sich. Ich hielt ihren Kopf und strich ihr über den Rücken, bis wir beide dort so einschliefen.

Als wir am nächsten Morgen, oder eher Mittag, aufwachten, saß David am Feuer und garte etwas Fleisch, das er bei Sonnenaufgang gefangen hatte. Phillip war nicht weit von ihm entfernt und versuchte notdürftig seine Kleidung zu nähen und zu flicken. Ich erwartete, dass es Unruhe in unsere Gruppe bringen würde, wenn sie Sophie und mich so dicht an einander sehen würden, doch sie beachteten uns gar nicht, zumindest verloren sie kein Wort darüber und fragten nur freundlich, ob wir gut geschlafen und Hunger hätten. Wir stimmten ein und bekamen von David jeweils einen Brocken vom Wild mit Beeren. Er hatte am Strand, wo sie aufwachten, eine intakte Kiste entdeckt, in dee sich etwas Geschirr und ein Topf befand. Der Proviant war leider verdorben, meinte David. Er hatte bereits gegessen und bot daher an, sich Sophies Bein einmal anzusehen. Zaghaft stimmte sie seinem Vorschlag zu und streckte ihr Bein von sich, während sie sich in das Stück Fleisch verbiss um den Schmerz zu unterdrücken. David zerrieb einige der Beeren auf einem großen Blatt. Vorsichtig legte er dieses anschließend auf ihre Wunde und befestigte es mit einigen Strängen Stoff aus zerrissener Kleidung. Überrascht stellte Sophie fest, dass der Bruch nun betäubt war. David lächelte sacht und tätschelte ihr Bein, bevor er sich zurück ans Feuer setzte. Sophie jaulte durch die unsanfte Berührung doch noch einmal auf, beruhigte sich aber geschwind wieder. Phillip gesellte sich nachdem er fertig mit Nähen war zu uns an das Feuer und aß ebenfalls, dann begann er verunsichert zu stammeln. „Ich... habe vorhin jemanden... oder etwas...

gesehen", waren seine Worte. Sophie verschluckte sich am Ende seines Satzes und spuckte ihr Essen aus. „Ich... ich bin mir nicht sicher, ob ich mich nicht verguckt habe. Es war nur eine Sekunde, dann verschwand es wieder.", fuhr er fort. Wir alle schauten ihn entgeistert an. „Vielleicht war es auch nur ein Tier, aber wir sollten schnellst möglich von hier fort, nur um sicher zu gehen", sagte er mit einem angsterfüllten Unterton. Wir blickten auf das Feuer und nickten stumm. Ich spürte Sophies Hand neben meiner. Vorsichtig legte ich meine Hand auf ihre und blinzelte ihr ermutigend zu, obwohl ich in mir alles andere als optimistisch war.

Entweder war David davon nicht beeindruckt, oder er versuchte seine Angst zu überspielen, indem er murrte, dass Phillip vielleicht Haggis gefunden hätte und dieser nur verwirrt und deswegen geflüchtet sei. Als er bemerkte, dass wir ihn mit gesenkten Köpfen und finsteren Blicken ansahen, rollte David mit den Augen, entschuldigte sich und machte sich auf, die restliche Verpflegung in eine Tasche die er fand zu füllen. Ich half Sophie auf und stützte sie ab, damit wir aufbrechen konnten. Stumm liefen wir durch die Büsche, kleine Wege entlang und stiegen durch sumpfiges Moos, immer einen Weg entlang, den Phillip für den richtigen hielt. Obwohl wir fast ausschließlich gerade aus gingen, überkam mich wieder und wieder das

Gefühl im Kreis zu laufen. Ich dachte es sei auf Grund der Bäume, die alle identisch aussahen oder der mangelnden Variation an Büschen und Sträuchern auf der Insel, bis David ein Stück Stoff an einen Ast knüpfte und Phillip etwa eine Stunde später eben dieses Stück verblüfft untersuchte. David schüttelte nur seinen Kopf, riss mit einem Ruck das Stück vom Ast und lief an der Spitze weiter. Phillip schaute David erschrocken hinterher und fragte, was das sollte, David aber antwortete nicht. Wir trotteten ihm hinterher, nun wenigstens nicht mehr im Kreis; dennoch hatte ich nicht das Gefühl, dass wir wirklich vorwärts kamen, was ohne Zweifel mitunter an dem moorartigen Boden unter uns lag. Nur mit größter Mühe konnte ich mich und Sophie mit Phillips Hilfe durch den Morast zerren.

Alles dort war neblig, grau, die Luft schwer und feucht; es stank regelrecht nach Verwesung und Tod – ich dachte mir jedenfalls, wenn der Tod einen Geruch hätte, wäre es dieser sicher gewesen. Selbst die Bäume sahen leblos aus, als stünden sie dort schon seit Ewigkeiten, wartend auf ihren Verfall. Lianen hingen feucht von ihnen herab und umschlungen sie, wie Gedärme und Eingeweide eines frisch Zerfleischten, und nicht einmal mehr die Tiere konnte man hören. Es gab kein Zirpen von Ungeziefer, kein Schnarren von Vögeln in den Bäumen, geschweige denn das Rascheln der Blätter. Das einzige, was ich neben meinem schweren Herzschlag hören konnte, war das Stöhnen und Schnaufen aus der Gruppe und den matschenden Geräuschen unserer Schritte. Durchnässt von Schweiß und Schlamm, kamen wir nach einiger Zeit zu einer Lichtung, die nicht weniger unfreundlich schien. Dürres, morsches Geäst umgab unnatürlich kreisförmig das Gras inmitten des Sumpfes. David überprüfte sorgsam den Bestand der Erde und stellte fest, dass diese uns sicher halten würde. Es war noch nebliger als zuvor. Es gab keine Bäume, die den Nebel fernhalten konnten und noch immer stank es fast unerträglich nach Fäulnis. Wir legten eine kurze Rast am Rande des kleinen Feldes ein. Zwar konnten wir nicht weiter als ein paar wenige Meter in den Nebel hineinsehen, aber es reichte aus, um den Rand der Lichtung zu erspähen. Es war unheimlich. Erst als wir dort saßen, fiel mir auf, dass nicht einmal ein kleiner Windzug durch das Dickicht brechen konnte. Sophie hielt sich ihren Magen und strengte sich an, das Erbrechen durch den Gestank zu unterdrücken, als David eine absonderliche Steinformation erspähte, knapp außerhalb des Kreises, auf dem wir saßen. Ungeduldig lief er auf und ab, da er nur ungern Halt machte. Er ging zu den Steinen, um sie genauer zu untersuchen, doch er kam schnell wieder zurück und meinte, wir sollten uns diese ebenfalls ansehen, weil auf ihnen merkwür-

dige Symbole eingraviert oder aufgemalt seien. Sophie schüttelte wie benebelt ihren Kopf und wollte
eigentlich nicht aufstehen, bis David sie fast gewaltsam auf zerrte und zu den Steinen zog. Nach
einem kurzen, trüben Blick auf die Zeichen, erwiderte sie auf Davids Gedränge, dass sie die Zeichen nicht entziffern könne und sie diese Zeichen
auch noch nie zuvor sah. Ich aber, erkannte sie. Es
waren die Zeichen aus meinem Traum, in dem ich
mit meinem Kopf auf dem Altar aufschlug, nur
war er dort nicht so detailliert wie in dem Sumpf
und wieder erkannte ich das geflügelte Auge. Es
war das gleiche Auge, das in dem Korallenstein
leuchtete und versuchte mir die Seele aus dem
Leib zu reißen. Angsterfüllt taumelte ich einige
Schritte zurück und zwang mich aus Furcht, nicht
auf den Stein zu blicken. Phillip, der langsam hinter uns hertrottete, warf nur einen kurzen Blick auf
die verworrenen Linien, bis er uns mitteilte, dass
er die Zeichen schon einmal sah; er wüsste nur
nicht mehr woher er sie kannte, auch nicht was sie
bedeuteten, nur, dass sie ihm vertraut schienen. Eigentlich wollte ich ihn zur Rede stellen, da er mir
vorher nie Glauben schenkte, dort aber indirekt
zugab, dass er ähnliche Dinge sah wie ich; bevor es
allerdings zu einem Streit kam, entschied ich mich
dagegen und wartete. Vorsichtig fuhr er mit den
Spitzen seiner Finger die Linien entlang, wie ein
Blinder, der die Blindenschrift entziffert. „Ich glau-

be, wir müssen hier entlang..." sprach er zögerlich, während er uns den Rücken zu wand und sich langsam aufmachte. Sophie würgte, als ich sie mit Davids Hilfe aufrichtete und sie das Stück Stoff womit sie ihre Nase bedeckte widerspenstig vom Gesicht nehmen musste.

Wir sind kaum ein paar Meter vorangekommen, als wir leise ein dumpfes Trommeln hören konnten. Von woher es kam, konnten wir nicht ausmachen, es wurde nur langsam lauter. Es hörte sich zunächst so an, als ob hole Nüsse von einem Strauch oder einem kleinen Baum fallen würden, dann wurden die Laute eindringlicher und gleichmäßiger, rhythmischer. Wir verkrochen uns so schnell es uns möglich war hinter einer gewaltigen Wurzel nahe dem Rand der Lichtung, die weit aus dem Boden ragte. So wie die Laute zunahmen, so wurde der Gestank im mitten des Morasts immer unerträglicher.

Nach einem kurzen Augenblick erschien ein Schimmern auf der anderen Seite der Lichtung, nicht nur ein einziges Licht, nein, es wurden mehr und mehr. Ich hörte bei der fünften Lichtquelle auf zu zählen, als eine spärlich bekleidete Frau aus dem Dickicht trat und mit schwebenden Schritt in die Mitte der Lichtung trat. Sie trug eine tropfende Kerze in der linken Hand; einen Fetisch, ähnlich einem Traumfänger in der anderen. Ein eigenartiger

Dolch, der aus Knochen gefertigt schien, ragte aus ihrem Lendenschurz. Während sie anfing, eine unheimlich monotone Melodie zu summen oder zu stöhnen, traten weitere Gestalten aus dem Sumpf hinaus zu ihr und bildeten einen großen Kreis um sie. Einige trugen weitere Kerzen mit sich, manche waren nur bemalt mit Runen oder Symbolen, ähnlich denen auf dem Stein und endlich, fast als Nachzügler, traten die Trommler ins Licht. Es waren Menschenschädel, aufgeknüpft an Seilen, die sie als übergroße Ketten um ihren Oberkörper gewunden trugen. Auf den Totenschädeln trommelten sie mit unterschiedlichen, teils gebrochenen und gesplitterten Knochen, sodass einem der ganze Leib erzitterte. Sie bildeten den äußeren Kreis um die vermeintliche Anführerin, die sich wie in Trance bewegte. Die Anhänger aus der ersten Reihe legten nacheinander Gaben zu ihren Füßen ab, manchmal Früchte, mal Götzenbilder, selten eine Blume oder ähnliches. Nachdem die jeweilige Gabe geliefert wurde, knieten sich ihre Anbeter ihr zugewandt auf ihren Platz hin. Als ihre Füße fast gänzlich von den Geschenken bedeckt waren, erstarrte sie plötzlich mit einem ächzenden Kreischen, mit abgespreizten Armen, den Kopf gen Himmel gerichtet und eine weitere Person trat aus dem Nebel, woher die anderen zuvor kamen. Man konnte keine klare Gestalt erkennen, so als ob die in Kutte gehüllte Knochenstatur keine Form besäße. Sie schritt stetig voran, dem Stein entgegen, doch konnte man dem schemenartigen Wesen kaum folgen, obwohl es sich langsamer bewegte, als seine Vorgänger. Ich hatte ein Ungutes, aber vertrautes Gefühl bei dem Anblick der Gestalt. Etwas eigenartiges umhüllte sie, konnte mir aber nicht erklären, was es war, bis ich plötzlich anfing, mehr zu sehen. Es waren die schleierhaften Umzüge des Geistes, der mich in dem Gasthaus heimsuchte. Ich konnte kaum meinen Schrei unterdrücken, als ich es dort sah. Der Geist schien aber nicht die Gestalt selbst zu sein, mehr als ob der Geist das andere Wesen umhüllte. Man konnte nicht sehen, wohin das Wesen in der Kutte blickte, aber es war bestimmt nicht die gleiche Richtung, in die der Geist sah. Dessen Blicke wanderten umher, gar nach hinten sah er, um die Anhänger zu beobachten, während beide Kreaturen weiter geradlinig voran schritten. Ich hatte Angst wir seien entdeckt worden, als die allmählich rot leuchtenden Augen in unsere Richtung schweiften, aber es ließ wieder ab und begutachtete offensichtlich die Opfergaben. Ich fragte die anderen, ob sie ebenso den Schleier um die Kutte herum sehen würden, doch war ich wohl der einzige, dem dies möglich war. Das umhüllte Wesen schliff etwas schweres, sackartiges hinter sich her. Als das Etwas schließlich mit einem feuchten Geräusch unsanft auf den Stein fallen gelassen wurde, konnte man erkennen was es war.

Haggis. Er war bis zur Unkenntlichkeit entstellt; tiefe Wunden klafften überall auf seinem Körper, ein Auge trat aus seiner Höhle heraus und sein Unterkiefer hing, von kaum mehr als einem Fetzen Haut gehalten, herab. Man hörte ihn stammeln, schnaufen und winseln. Er versuchte um Gnade zu flehen, doch die Frau trat bereits entschlossen auf ihn zu. Geschwind zückte sie den Dolch von ihrer Hüfte und ließ die Klinge langsam, fast genüsslich über ihre gebräunte Haut gleiten. Dann kniete sie sich langsam nieder, strich die Klinge über Haggis Wangen, seinen Hals und fügte ihm einen weiteren Schnitt entlang dem Brustbein zu. Haggis schien es gar nicht mehr zu merken; er zuckte weder als sie die Klinge ansetzte, noch als sie unter Hochgenuss seine Haut teilte. Die Kultistin führte die Klinge rasch und geschickt um Haggis Kopf, sodass man nicht sah, ob sie wirklich Schnitt oder ob es nur Teil des Rituals war, ihn zu ängstigen oder etwas derartiges. Doch dann leckte sie die blutige Klinge ab und zog in einem Ruck Haggis sorgfältig gelöste Haut vom Kopf. Er zuckte, schien selbst jetzt noch zu leben, als der freigelegte Schädel noch einmal unter einem heftigen Zucken aufschrie. Die Frau machte sich gleich daran den Schädel von der Wirbelsäule zu trennen, als Sophie nicht mehr an sich halten konnte und sich übergab. Ich drückte so schnell ich konnte ihren Kopf herunter und wir versuchten uns im weichen Boden zu vergraben, doch es war zu spät. Sämtliche Anhänger sahen in unsere Richtung. Einer von ihnen, mit einem improvisierten Speer bewaffnet krisch unverständliche Laute. Im nächsten Moment waren wir umzingelt von rund dreißig von ihnen. Sie machten keine Anstanden uns töten zu wollen, sie bedrohten uns lediglich mit ihren Waffen. Als die Anführerin nach vorne trat und irgendetwas murmelte, spürte ich nur noch einen dumpfen Schlag auf meinen Kopf und wurde erneut ohnmächtig.

Ich wachte mit festgebundenen Seilen an meinen Handgelenken auf, die Arme gespreizt, gefesselt an einer Felswand und mein Schädel dröhnte immer noch von was auch immer mich traf. Es war ein kleiner Raum, in dem ich mich befand. Die Fackel, die am Eingang stand und seelenruhig brannte, spendete nur spärlich Licht, gerade mal genug, um den Boden bis zu meinen Füßen zu erhellen. Ich schaute mich hastig um, bestimmt sechs oder sieben mal in jede Richtung, immer in der Hoffnung, dass meine Augen mir einen Streich spielten und dort doch jemand war; Sophie, hoffte ich wieder und wieder, doch es war nicht einmal eine Spur zu sehen und hören konnte ich auch nichts. Wenigstens hatten diese Kultanhänger mir meine Brille und meine Hose gelassen oder eher das, was von ihr übrig blieb, nachdem ich weiß Gott wie lange im Schlamm der Sümpfe umher gezerrt wurde, so von Schlamm überzogen, wie ich war. Ich rief, schrie nach den anderen in der Hoffnung, dass sie noch lebten, doch es kam keine Antwort. Erst nach meinem dritten Versuch ertönte ein krächzen - ich schwieg, versuchte zu horchen, bis ein von Narben zerschundener Körper in den Raum wankte. Er trug eine Art Halsband mit einer schweren Kette daran befestigt, und von seinem Kopf hingen ein paar matt-fettige Strähnen von grauem Haar. Er war wohl ein Sklave, sah aber noch schlimmer aus; mehr, wie ein gebeutelter, alter, lebensmüder Wachhund, der nicht nur einmal zu oft misshandelt wurde. Langsam aber beständig humpelte er mir entgegen, um mir, als er schließlich direkt vor mir stand, mit einer Wucht, die ich ihm nicht zugetraut hätte, in mein Gesicht zu schlagen. Er krallte seine knochigen Finger mit geborstenen und vergilbten Fingernägeln in meine Wangen, zog mein Gesicht nah an seines heran, um dann unverständliche Laute unter einem Schwall üblen Geruchs zu ächzen. Er spuckte mich noch an, bevor er wieder so kraftlos davon wankte, wie er kam. Es dauerte nicht lange, bis sich wieder etwas im Halbschatten außerhalb meines Kerkers regte, begleitet von einem schweren, schlurfenden Geräusch. Ein großer, stark gebauter doch arg zerschlissener Mann, der ebenfalls eine Kette um seinen Hals trug, trat in den Raum. Schwer schnaubend hob er ein Messer oder ein Hackbeil, welches aussah, als könne es einer Schildkröte mit Leichtig-keit den Panzer brechen und zerschlug mit diesem meine Fesseln, woraufhin ich erschöpft auf dem Boden zusammenbrach. Er legte seine bis auf den Boden reichende Kette als Schlaufe um meinen Hals und zog mich über den kalten, steinernen Bo-den davon. Schnell bildete sich eine breite Blutspur auf dem Boden, als mein ganzer Rücken von den Strukturen des Bodens aufgerissen wurde. Ich wollte schreien vor Schmerzen, die Luft reichte mir allerdings kaum mehr zum Atmen. Vielleicht sollte ich sagen, dass der Weg glücklicherweise nicht lang war, sonst wäre ich von diesem Ungeheuer noch erstickt worden. Mir war bereits schwarz vor Augen, als er die Kette von meinem Hals löste, und mich auf den Bauch rollen ließ, indem er mich trat. Langsam kehrte das Licht in meine Augen zu-rück, wenn auch nur schwach. Ich wurde in eine große Höhle gebracht, auf eine Anhöhe. Stimmen drangen von unten empor, wieder eine Art von Gesang, nahm ich an und versuchte mich aufzu-richten. Weiter als bis auf die Knie, habe ich es zwar nicht geschafft, aber es war genug, um über den Felsvorsprung auf ein großes Feuer blicken zu können, vor dem wieder die gleiche Frau stand. Um sie herum waren diesmal an die einhundert Menschen versammelt, alle wie im Delirium wan-kend und summend-singend. Sie alle waren ge-schmückt mit einer Vielzahl von obskuren Ketten und Bemalungen, einige wenige waren auch bewaffnet. Als ich mich weiter umschaute, bemerkte ich auf der anderen Seite der Höhle einen weiteren Vorsprung und traute meinen Augen kaum, als ich dort Sophie durch meine zerbrochene Brille liegen sah. Ich dachte im ersten Moment, sie sei bereits tot, konnte sie dann aber sich bewegen sehen; augenscheinlich konnte sie sich ebenfalls nicht aufrichten.

Ich wunderte mich, wohin wohl Phillip und David verschleppt worden waren, als plötzlich ein Fall und ein Knurren - wahrscheinlich von David - durch die Höhle hallte. Es gab noch weitere Vorsprünge in der Höhle. David war zu meiner Linken, auf halbem Wege zu Sophie, also nahm ich an, Phillip müsste irgendwo gegenüber von David liegen, aber es war weder etwas zu hören, noch etwas zu sehen.

Da ich mich kaum bewegen konnte, blieb ich auf meinem Vorsprung halb kniend liegen und beobachtete abwechselnd die Kultisten weiter unten und die Felsvorsprünge der anderen, um zu sehen, ob sich dort vielleicht etwas regte. Nach einer Weile verstummten nach und nach die Gesänge der Masse. Die Anhänger teilten sich in der Mitte und knieten wie in Ehrfurcht an den Rändern der entstandenen Schlucht nieder. Die Anführerin schien sehnlichst auf etwas zu warten. Sie stand am An-

fang des Weges mit geiferndem Blick auf den Höh-
leneingang schauend. Sie schien unruhig zu werden, als das gleiche Ungetüm, was mich herbrach-
te, durch den Eingang hin zu ihr wankte. Wieder
hatte er eine Person dabei und eine dunkle Vorahnung überkam mich. Ich schaute schnell zu dem
leeren Vorsprung, auf dem Phillip hätte liegen
müssen, doch er war noch immer leer. Als das Wesen schließlich am Feuer angekommen war und
den Haufen Elend, was es im Schlepptau hatte, vor
sich fallen ließ, konnte ich ihn erkennen. Er sah
aus, als wäre er bereits tot. Nur seichtes Zucken
seinerseits verrieten, dass er noch immer unter uns
war. Leider sollte es nicht lange so bleiben. Ohne
langes warten, nahm die Frau etwas von einem improvisierten Tisch, einer schweren Steinplatte, und
ging halb schleichend, halb tanzend zu Phillip. Es
sah aus, als würde sie ihm etwas verabreichen, etwas, das ihn unempfindlich für Schmerzen machte
oder ihn am leben hielt, denn im nächsten Moment
zückte sie bereits ihren Dolch. Wieder strich sie ge-
nussvoll mit der Klinge um seinen Kopf herum,
während nur leichtes Gewimmer von Phillip zu
hören war, bis sie ihm wortwörtlich das Gesicht
nahm. Sie zog seine tropfende Haut in einem Ruck
von seinem Schädel; sie labte sich am frischen Blut
der Haut, bis sie sie schließlich als Maske über ihr
Gesicht stülpte. Das Ungeheuer, das Phillip trug
trat vor und packte den scheinbar leblosen Körper.

Er hob ihn über seinen Kopf, nur um ihn im nächsten Augenblick in die Flammen zu werfen. Mit letzter Kraft stieß Phillip einen grellen, nervenerschütternden Schrei aus seinem entblößten Schädel aus, der die anderen nur anzuspornen schien. Ich höre noch immer diesen Schrei, all die Zeit - bis heute - und sehe noch immer, wie die Flammen seinen Körper verschlangen und er sich im Feuer in Krämpfen wand. All die Anhänger sprangen auf, brüllten, jubelten, als sich ihre Anführerin mit Phillips Blut am ganzen Körper besudelte. Ich weiß nicht mehr, ob ich in diesem Moment ohnmächtig wurde, doch das nächste woran ich mich erinnere ist, dass ich ebenfalls zum Feuer geschleppt wurde, diesmal aber nicht allein. David und auch Sophie waren neben mir, wir wurden zusammen in die Höhle gezerrt, aber ich war der einzige mit geöffneten Augen. David wachte auf, kurz bevor wir auf dem Altar vor dem Feuer fallen gelassen wurden. Er war schwer verwundet, ein Arm war fast vollkommen zerfetzt, beinahe so, als wäre er von einem Bluthund angefallen worden. Sophie sah dagegen harmlos aus, mehr als ein paar Prellungen waren nicht zu sehen, abgesehen von ihrem Bein, dass von vornherein lädiert war. Phillips Gesicht lag schlaff auf dem improvisierten Tisch, während die Frau uns begutachtete, so als ob sie sich aussuchen würde, welches Gesicht sie als nächstes haben wollte. Wieder war alles still um uns herum, obwohl man die Spannung der Anwesenden spüren konnte, so sehr starrten sie uns an. Die Schlächterin schien David zu hassen. Vielleicht lag es seinen rötlichen Haaren oder seiner relativ hellen Haut, die er im Gegensatz zu ihnen und gar uns hatte, dass sie seine Wangen zusammen kniff und ihm ins Gesicht spuckte, bevor sie ihn mit aller Kraft zur Seite warf. Sie murmelte etwas in ihrer Sprache und ging zu ihrem Tisch, sah dabei David unentwegt hasserfüllt an. Es war ein Dolch, oder vielleicht eine Art Speerspitze, mit drei spitzen, krummen Enden, das sie vom Tisch nahm. Es hatte ein Loch in der Mitte und war verziert mit Runen oder Zeichen und einigen bunten Vogelfedern, die vom Griff der Waffe herabhingen. Sie klammerte sich regelrecht an die Waffe, bis sie David bedrohte. Sie strich mit einer der drei Klingen seinen Kopf hinab, schnitt leicht in seinen Hals und fuhr weiter herab, bis zu seinem Bauch. David ließ keinen Laut von sich; er schien nicht einmal den Schmerz zu fühlen, obwohl er bei Sinnen war und der Kultführerin direkt in die Augen sah. Sie setzte die Klinge an Davids Bauchnabel an und man sah an ihren Augen, dass sie gerade zustoßen wollte, als David mit einem Ruck die Waffe aus ihren Händen schlug. Im nächsten Moment beugte er sich bereits über sie, um ihr laut knackend das Genick zu brechen. Gleichzeitig sprangen die ersten Anhänger vor, um David aufzuhalten, doch vergeblich. Die Schlächterin lag mit aufgerissenen Augen vor uns, bis David sie hoch hievte und sie den vorpreschenden Kultisten entgegen warf. Er schrie mich an, ich sollte flüchten, so schnell wie ich konnte fortrennen mit Sophie, er wolle sie aufhalten, damit wir entkommen konnten. Ich war wie gelähmt vor Schreck, konnte mich nicht rühren, bis David den Ritualdolch aufhob und ihn dem nächsten Angreifer in den Bauch rammte. „Lauf", schrie er, „Hau ab" mit ächzender Stimme während er so gut wie er konnte gegen die empor stürmende Masse kämpfte. Endlich löste sich meine Starre, nahm Sophie unter den Armen und zerrte sie so schnell ich konnte am Feuer vorbei ans hintere Ende der Höhle, wo keine Wachen waren. Ein enger Weg durch den Fels befand sich dort, durch die ich zusammen mit der bewusstlosen Sophie, kaum hindurchpasste. David gab sein bestes uns einen Vorsprung zu verschaffen, aber leider erlag er schnell der schieren Masse der Verrückten und starb, wie man unschwer an einem letzten Aufschrei hören konnte. Es dauerte nur wenige Sekunden bis die ersten Verfolger am Eingang des schmalen Weges durch den Felsen ankamen. Sie kreischten, bellten wie Hunde, bei dem Versuch mich einzuholen, wie ich Sophie durch den engen Gang zerrte. Die Decke öffnete sich langsam, sodass man fast wieder normal gehen konnte. Trotzdem war ich kaum schneller und der Abstand zu den Verfolgern schwand nach und nach dahin. Plötzlich begann der Boden wie aus einem Wunder heraus an zu beben. Alles geriet ins Wanken und die Höhle drohte einzustürzen. Ich fiel auf Sophie, eigentlich aus versehen aber ich blieb auf ihr, schützte sie mit meinem Körper, damit ihr nichts geschah, falls die Erde über unseren Köpfen hereinbricht und in diesem Moment geschah es auch. Die ersten Brocken Gestein fielen herab, zertrümmerten die Schädel von mindestens zwei Kultisten, die im Begriff waren, mich und Sophie zu töten. Ein weiteres Wunder war, dass ich und somit auch Sophie, weitestgehend unversehrt geblieben sind. Nur kleinere Steine prasselten auf meinen Rücken, keiner von ihnen größer als eine Faust. Ich kam mit einigen Schürfwunden und mehr blauen Flecken davon, aber nichts wirklich Schlimmes – zum Glück. Ich musste mich einen Moment sammeln, bevor ich wieder die Kraft fand, mich aufzuraffen und mit Sophie dem Höhlengang weiter zu folgen, der zwar größer geworden war, aber dennoch relativ schmal war. Zudem bestand immer noch die Möglichkeit, dass irgendwo einige der Verrückten lauerten, schließlich waren wir offensichtlich in ihrem Versteck, ihrer Zuflucht oder ihrem Hauptquartier, wenn man etwas, das nach einer Behausung von Höhlenmenschen aussah, als solches bezeichnen kann. Es schien, als sei der Weg für die Bewohner selbst ein Fluchtweg gewesen. Wir, oder eher ich, tastete mich noch gut eine halbe Stunde durch den Tunnel, bis die Luft endlich einen Hauch von Frische bekam. Ein kleines Stück weiter wurde es schließlich heller und man konnte kaum ein paar Meter weiter, um die nächste und letzte Windung herum, endlich ein paar Sonnenstrahlen durch das Dickicht der Bäume direkt vor der Höhle hindurch brechen sehen.

Mit letzter verbleibender Kraft zerrte ich mich und Sophie unter meinem Arm aus dem Dunkel heraus, hinein in den Halbschatten des übergrünen Blätterwerks gewaltiger Bäume und hindurch das dicke Gestrüpp der zahlreichen Büsche und Pflanzen. Ich legte Sophie ab, auf eine kleine, kaum bewachsene Stelle am Fuße eines riesigen Baumes und legte mich an sie, nachdem ich einige Äste der nahen Büsche abriss und auf uns lag, damit wir im Falle der Verfolgung, nicht so schnell entdeckt werden würden. Ich beneidete sie fast, so ruhig wie sie zu schlafen schien. Phillip und David - und ja auch Haggis, so eigenartig er gewesen sein mag, ließen mich zu keiner Sekunde los, immerzu musste ich an die verstörenden Bilder denken, die sich dort abspielten. Noch nie habe ich von solchen Grausamkeiten gehört, nicht einmal von den wenigen noch bekannten Kannibalenstämmen hätte ich solch ein... Fanatismus? erwartet. Doch eines beschloss ich bereits in diesem Moment: ich muss mehr erfahren über diese Kultur, diesen Stamm oder was treffender war: diese Tiere. Allein schon, weil es Phillips Wunsch gewesen wäre und diesen wollte ich ihm auf keinen Fall verwehren. Ich gab Sophie einen leichten Kuss auf die Wange und schmiegte mich näher an sie. Einschlafen konnte ich nicht, also lag ich einfach mit ihr auf dem Boden, strich wieder und wieder über ihre Seite, so als ob ich sie trösten musste. Ich verlor das Zeitgefühl. Es fühlte sich an, als würden wir nur Augenblicke lang auf dem Boden liegen aber die Sonne ging so schnell unter und wieder auf, als wenn der Tag nur aus wenigen Minuten bestehen würde. Irgendwann in den frühen Morgenstunden, kurz nachdem die ersten Sonnenstrahlen vom Horizont her über uns einbrachen und der Himmel in Rottönen schimmerte, kam ich wieder zu Bewusstsein. Sophie sollte auch nicht mehr lange schlafen. Kurz nach mir wachte sie auf; regungslos, ohne ein Wort zu sagen. Sie öffnete einfach ihre Augen und schaute bestimmt für einige Minuten in den Himmel, bis sie ihren Kopf in meine Richtung drehte und mit bebender Stimme zögerlich fragte, wo David und Phillip waren. Ich brachte es nicht über mein Herz zu sagen, was geschehen war, dass sie tot waren. Wortlos blickte ich zurück und versuchte ihre Hand zu nehmen, bis ich merkte, dass sie wie versteinert war. Ihr ganzer Körper war verkrampft, wie in Schock, als sie begriff was geschah.

Ihr Blick wanderte stockend wieder gen Himmel, da begann sie zu zittern. Ich zog sie an mich, hielt sie fest, versuchte sie irgendwie zu beruhigen aber ich glaube, das verschlimmerte nur ihren Zustand. Sie krallte sich in meinen Oberarm, sodass es sich anfühlte, als ob sie ihn brechen wollte, bis sie plötzlich abließ und erneut ohnmächtig wurde. Ich wischte den kalten Schweiß von ihrer Stirn, der sich mit einigen Tränen gepaart hatte, die ich nicht mehr an mich halten konnte und beschloss zu warten, bis sie wieder aufwachte anstatt sie wieder mit mir herum zu zerren. Ich machte sicher, dass nichts und niemand in der Nähe war, bevor ich mich aufmachte einige der Beeren zu sammeln, die es überall auf der Insel gab und wir bereits aßen, als wir strandeten. Es dauerte keine halbe Stunde, bis ich einen kleinen Berg an Beeren in meinen Armen hielt und zu Sophie zurückkehrte. Sie war schon wieder wach, auch wenn sie nur apathisch starr auf dem Rücken lag. Ich setzte mich neben sie und begann sie zu füttern. Vorsichtig führte ich Beere für Beere zu ihrem Mund. Zwar nahm sie die Mahlzeit nur zaghaft an, aber immerhin aß sie überhaupt etwas. Jeder Versuch mit ihr zu reden war vergebens. Das einzige, was sie ab und an von sich ließ, war ein leises Schluchzen oder Seufzen. Sie wollte auch nicht aufstehen, regelrecht zwingen musste ich sie dazu, da jede Minute, die wir länger dort verbrachten gefährlicher wurde. Ich nahm schließlich Sophies Arme, legte sie um meinen Hals und zog sie auf meinen Rücken und trug sie so durch die Gegend, ziellos zwischen den Bäumen hindurch, da jede Richtung so gut war, wie eine andere. Meine Orientierung war vollends verschwunden. Ich wusste nur, dass der einzige Berg der zu sehen war, gegenüber der Seite der Insel war, auf der wir ankamen. Wie das Schicksal es wollte, lag hinter dem ersten Hügel der Strand. Wir hatten folglich die Möglichkeit, entweder um den Berg herum, direkt durch die Wälder und eventuell erneut den Sumpf zu wandern, oder aber wir folgten der Küste, in Hoffnung unser Schiffswrack zu finden und etwas aus den Überresten zu bauen. Mehr wäre in meinen Augen ein übernatürliches Wunder gewesen.

Nur spärlich kam ich mit Sophie auf dem Rücken voran. Der feuchte Boden des Strandes schien meine Füße verschlucken zu wollen. Es kam mir vor, als schafften wir in einer halben Stunde großzügig geschätzt einhundert Meter, woraufhin zwangsweise eine Pause folgte. So ging es lange Zeit bis in den späten Abend hinein; ohne dass wir am Rande des Strandes etwas essbares finden konnten. Die Sträucher mit den Beeren schienen nur weiter landeinwärts zu wachsen, weiter entfernt von dem salzigen Boden nahe der Küste.

Panik überkam mich, als ich in etwas weiterer Entfernung Rauch von einem Feuer aufsteigen sah. Ich hastete so schnell ich konnte zu der nächsten Baumgruppe, wo ich sicher gehen konnte, dass Sophie dort sicher sei, während ich nachsah, woher das Feuer genau kam. Bevor ich mich davon schlich, gab ich Sophie ein sanften Kuss auf ihre Stirn. In dem Moment, in dem ich mich von ihr abwenden wollte, ergriff sie meinen Arm und hielt mich mit Tränen in den Augen und bebendem Kiefer fest. Ich versicherte ihr, ich sei vorsichtig, dass nichts geschehen würde und dass das auch unsere Rettung von der Insel sein könnte. Mir blutete mein Herz, als sie ein einsames, angsterfülltes „Nein" leise von sich gab, aber ich hatte den Gedanken der Rettung so fest in meinem Kopf, dass ich unbedingt nachsehen musste. Ich glaube, keiner von uns beiden hätte es ertragen, noch einmal getrennt zu werden; selbst, wenn nichts geschehen wäre.

Vorsichtig schlich ich Schritt für Schritt von einem Baum zum nächsten, immer ein paar Meter näher heran an das vermeintliche Lagerfeuer unweit entfernt von dem Meer. Das Feuer kam aus einer tiefer gelegenen Bucht. Als ich dem Hang Stück für Stück näher kam, begann ich Stimmen zu hören. Für einen Moment zweifelte ich an meinem Verstand, so erleichtert war ich, als ich die Menschen Englisch sprechen hörte, auch wenn es von meiner Entfernung aus nur Gemurmel war, konnte ich einzelne Wörter heraushören. Langsam traute ich mich näher heran, da ertönte von meiner Rechten ein lauter Ruf einer Wache des Lagers. Angsterfüllt sprang ich ein Stück zurück und duckte mich in der Befürchtung, es könnten Freibeuter oder andere Banditen sein. Ein Mann trat mit einer auf mich gerichteten Waffe auf mich zu. Er befahl mir, mich zu zeigen und keine schnellen Bewegungen zu machen, oder er würde mich erschießen. Zaghaft stand ich mit erhobenen Händen auf und betrachtete die uniformierte Gestalt, die nun starr still stand und auf eine Erklärung meinerseits wartete. Schnell kamen weitere Wachen den Hang hinauf, die meisten bewaffnet. Hastig erzählte ich ihnen von Sophie, dass wir knapp dem Tod entkamen, von David und Phillip, dem Kult und wie wir auf die Insel kamen. Zögerlich nahmen die Bewaffneten mich aus dem Ziel und sagten mir, ich solle ins Lager kommen, ohne weitere Worte zu verlieren. Ich lehnte ab und wollte Sophie holen, aber die Wache, die mich zuerst erspähte, entgegnete mir, sie würden sich um sie kümmern. Dann wurde ich von Zweien zum Feuer geführt, an dem weitere Leute saßen und mich beobachteten, wie ich näher kam und mich schließlich setzte. Meine Begleiter setzten sich kurz darauf ebenfalls an das Lagerfeuer. Sie hielten einen Spieß mit köstlich duftendem Fleisch über die Flammen und fingen an, das was ich ihnen erzählte zu wiederholen. Sie boten mir etwas von einem der Spieße an, was ich auch annahm, aber essen konnte ich kein Stück. Ich wollte etwas sagen, bestimmt ein Dutzend mal begann ich zu stammeln und verstummte wieder, bis Sophie von den beiden Wachen die losgingen gebracht wurde. Sie setzten sie auf den Boden direkt neben mich. Sophie kippte gegen meine Schulter, noch immer geistesabwesend, aber klammerte sich an meinen Arm. Ihr ganzer Leib zitterte und schlotterte vor Angst. Auch das Fleisch, was ich versuchte ihr zu geben, lehnte sie regungslos ab. Nach einem Moment der Stille begann die Truppe zu reden. Sie erzählten, dass sie nach einigen Menschen suchten, die drei Wochen zuvor zur Insel übersetzten. Die Beschreibung passte perfekt zu uns, aber drei Wochen konnten wir unmöglich auf der Insel gewesen sein. Ich fragte den offensichtlichen Anführer der Gruppe nach den Eingeborenen aber er erwiderte nur, dass alles was man wusste nur Gerüchte waren und dass alle, die bisher zur Insel kamen, entweder nichts fanden oder irgendwann tot gefunden wurden – wohl von Tieren erlegt und größtenteils gefressen. Er rechnete damit, uns ebenfalls so vorzufinden aber da sie bisher erfolglos waren, wollten sie ihre Mission schon bald abbrechen und fügte hinzu, dass er froh sei, uns gefunden zu haben. Zögerlich fragte er noch, was genau geschah, was ich über den Stamm wüsste und was genau mit den anderen unserer Gruppe geschah. Ich wusste nicht wo ich beginnen sollte, all die Bilder gingen mir durch den Kopf, nicht erst dann, aber es wurde schlimmer. Sie drehten und verwischten sich, eine Szene jagte die nächste und langsam erhob sich aus der Stille in meinem Kopf ein dunkles Dröhnen. Es tat weh, an alles zu denken, aber ich versuchte von vorn zu beginnen. Ich berichtete von dem Brief den wir bekamen, von der Reise und wie wir Haggis kennenlernten, selbst von den aufgebrachten Tieren im Wald erzählte ich. Aber viel weiter kam ich nicht. Von dem Punkt an, an dem wir auf die Insel kamen, bildete sich ein Knoten, eine Blockade in meinem Kopf. Ich wollte reden, konnte aber nicht und Sophie verkrampfte sich mehr und mehr. Als mein Gegenüber bemerkte was geschah, dankte er unsicher und schlug vor, dass es vielleicht am besten wäre, schlafen zu gehen um am Morgen auf ihr Schiff zurück zu kehren. Immer noch unfähig ein Wort zu sagen, nickte ich nur und sie gaben uns ein paar Decken. Dicht aneinander geschmiegt lagen Sophie und ich vor dem mittlerweile nur noch glühenden Lagerfeuer. Ich versuchte sie zu beruhigen, indem ich sie streichelte; ich flüsterte, dass ich bei ihr sei, wir bald wieder in unserer Heimat seien und dass der Schrecken nun aufhöre. Es tat so unsagbar Weh, sie auf diese Weise vor mir zu sehen, wie ein kleines Häufchen Elend, durch und durch von Angst erfüllt und gepeinigt, von allem was geschehen war. Ich befürchtete, dass sie das niemals loslassen wird und ich konnte ihr auch nicht helfen, nicht einmal im Ansatz. Selbst die Tatsache, dass David und Phillip nun tot waren, tat mir nicht so Leid, wie Sophie in meinen Armen.

Kapitel 4: „Die Rückkehr"

Es dauerte Stunden bis ich vor Erschöpfung einschlief und noch weniger Stunden vergingen, bis wir von den Kommandorufen der Männer geweckt wurden. Sophie war noch immer in meinen Armen und ich war erleichtert zu sehen, dass auch sie in den Schlaf gefunden hat. Sie wollte gar nicht aufwachen; ich musste sie aus dem Schlaf rütteln, als das Lager bereits geräumt war und man auf uns wartete. Der Anführer trat mit ausgestreckter Hand zu mir und half mir ruckartig auf. Bei Sophie war er sachter und lud sie auf seine Schulter um sie aufzurichten. Er half ihr auf eine kleine Karre, die dort stand, wo am Abend noch das Feuer loderte. Wir bekamen jeweils ein Stück Brot und liefen am Ufer entlang. Bis zum Mittag hatten wir die Ruderboote erreicht, mit denen wir zum Schiff gebracht wurden. Stets achtete ich darauf, dass mir niemand zu nahe kam oder Sophie weh tat, wie beim einsteigen in die Boote oder dem Besteigen des Schiffes. Ich konnte kein Vertrauen fassen; so gut uns die Leute auch behandelten, hatte ich zu jeder Zeit ein Gefühl, dass sie uns doch noch hintergehen könnten. Einige wurden schon misstrauisch durch mein Verhalten und ich versuchte mich zu beruhigen und mir einzureden, dass wir nun in Sicherheit seien – genützt, hat es aber nichts. Der

Schrecken saß mir dafür noch viel zu sehr in den Knochen. Während der Überfahrt saß ich mit Sophie auf Deck und hielt ihre Hand. Wir blickten in Richtung der Insel und genossen förmlich den Anblick, uns von ihr zu entfernen. Ich erinnerte mich, wie das Schiff plötzlich anfing zu schaukeln, als wir zur Insel aufbrachen. Der Himmel blieb diesmal zu meiner Erleichterung klar, dessen vergewisserte ich mich jede Minute erneut. Sophie hatte die gleichen Gedanken wie ich. Nervös rieb und drückte sie meine Hand, so als ob sie darauf warten würde, dass etwas geschehe. Ich schaute in ihre Augen, gab ihr einen sanften Kuss und strich über ihre Wange um sie abzulenken, sie zu beruhigen oder ihr das Gefühl zu geben, dass nichts geschehen würde. Aber es machte sie nur nervöser. Sie biss sich auf ihre Unterlippe und eine Träne rann aus ihrem Auge. Ich nahm sie an mich und umarmte sie, bis wir schließlich im Hafen einliefen. Die Fahrt dauerte wesentlich länger, als ich in Erinnerung hatte. Der Wind allein, konnte für diese Verzögerung nicht verantwortlich gewesen sein, dachte ich, als ich jemanden nach der Zeit fragte. Wir wurden auf den Stegen bereits erwartet und begrüßt. Sophie und mich weniger, als die anderen Männer, denn wir wurden sogleich in ein Hinterzimmer im Rathaus abgeführt. In dem kleinen Raum wartete ein kleiner, dicklicher Mann in schlichter, aber dennoch feiner Kleidung auf uns.

Freundlich bat er uns darum Platz zu nehmen und preschte sogleich ohne jegliche Rücksicht mit seinen Fragen los. Als er kaum eine Antwort von uns erhielt, färbte sich sein Kopf nach und nach Blutrot, bis er von dem Anführer der Mission die uns gefunden hatte unterbrochen und heraus gebeten wurde. Der Wachmann kam kurze Zeit später wieder herein, entschuldigte sich für das rüpelhafte Benehmen seines Vorredners und erklärte uns, dass ein Zug gen Norden auf uns warten würde, damit wir schnellstmöglich nach Hause zurückkehren konnten. Ohne viele Worte zu verlieren bedankte ich mich und stand auf. Er half Sophie auf und begleitete uns wortlos hinaus zu dem Zug, von dem er erzählte. Beim Einsteigen steckte er mir ein Schreiben zu, womit wir sämtliche Zuglinien die benötigt waren nutzen durften und er legte uns noch nahe, dass wir es in Betracht ziehen sollten, mit einem Arzt zu sprechen, falls sich unser Zustand nicht bessere und uns an das Personal wenden sollten, wenn wir nicht wussten wann wir aus- oder umsteigen sollten. Ich nickte ihm nur zu und stieg nach Sophie in den Wagon ein. Der Schaffner schloss hinter uns die Türen und pfiff zur Abfahrt. So waren wir, kaum angekommen, wieder auf dem Weg zurück in unsere Heimat, mit nichts als unseren Kleidern am Körper und Angst und Grauen in unseren Köpfen. Nach einigen Minuten kam der Zugbegleiter zu uns und berichtete von einem Koffer der uns gespendet wurde und er erklärte sich dazu bereit, uns bis nach Arkham zu begleiten. Sophie lag die ganze Reise über in meinen Armen, sowohl bei Tag als auch bei Nacht, regte sie sich kein Stück. Es war ein gutes Gefühl, sie an mir zu haben, ihre Wärme zu spüren. Wäre sie nicht gewesen, wäre ich längst in Irrsinn gefallen und es tat gut, sie schlafen zu sehen. Ich war glücklich, dass sie sich ein wenig erholen konnte, auch wenn sie immer wieder wegen schlechten Träumen für einen Moment aufwachte. Dagegen konnte ich für keine Minute meine Augen schließen. Nachts jagte mir jedes noch so kleine Geräusch einen ungeheuren Schrecken ein und während der Fahrt, war es durch das Holpern des Wagons ohnehin kaum möglich, selbst wenn mich meine Gedanken nicht geplagt hätten.

Nach nur knapp drei Tagen und einigen Zwischenhalten waren wir bereits in Arkham angekommen. Spät abends standen wir vor dem Bahnhof, der von meiner Unterkunft in etwa ebenso weit entfernt war, wie von Sophies Haus. Der Schaffner gab uns noch unseren Koffer und Sophies neue Krücken die uns gespendet wurden heraus, bevor er nach kurzer Verabschiedung wieder im Inneren des Zuges verschwand.

Es wäre mir am liebsten gewesen, hätte ich Sophie ebenso getragen wie den Koffer; sie so entkräftet humpeln zu sehen war schrecklich, aber sie wollte sich nicht helfen lassen. Ich begleitete sie durch die einsamen Straßen, an dem Marktplatz und an der Schule, wo sie unterrichtete vorbei, bis hin zu ihrem Haus. Es war eine zerreißende Leere in uns und über uns hingen graue Wolkenberge. Ich bemühte mich stets nicht nach oben zu sehen, dort sah ich immer wieder die entstellten Fratzen von Haggis und Phillip bevor sie starben, ganz so, als hätten sie uns noch immer entgegen geschrien. Ich versuchte mich immer auf Sophies Haare zu konzentrieren, wie sie mit jedem Schritt hin und her schwangen, oder wie auch immer man das Gehen nennen konnte; sie konnte sich nur kaum aufrecht halten. Als wir endlich bei ihrer Wohnung ankamen, zog Sophie aus einer kleinen, versteckten Nische neben der Tür einen kleinen, silbernen Schlüssel hervor und schloss damit die Tür auf. Sie humpelte hinein und drehte sich um, blickte mich an. Zögerlich stellte ich ohne ein Wort zu sagen den Koffer in die Wohnung. Ich wusste nicht, was ich tun sollte; sie schien auf etwas zu warten, vielleicht auf mich, vielleicht darauf, dass ich gehe? Ich wollte zu ihr, sie nicht allein lassen, aber ich brachte kein Wort über meine Lippen. Wir umarmten uns nur noch kurz, dann schloss sie wieder die Tür - ohne, dass ich bei ihr war. Ich redete mir ein, dass es vielleicht das beste war nach allem. Ein wenig Zeit allein könnte ihr bestimmt gut tun, redete ich mir ein, da sie schon immer eher zurückgezogen lebte.

Vorwürfe zerrissen mich innerlich. Ich hätte bei ihr bleiben sollen, sagte ich mir, während ich mich zum Heimgehen zwang. Die Leere der Straßen erschien mir schrecklicher als zuvor. Ich hörte nicht einmal mehr Vögel schreien oder die Äste im Wind zittern. Die vereinzelten Seelen die ich auf der Straße traf, schauten mich an, als wäre ich ein Gespenst gewesen. Sie gingen mir aus dem Weg, blickten sofort weg. Selbst diejenigen, die ich kannte, schienen mich zu meiden. Es störte mich aber auch nicht weiter. Wirklich wahrgenommen habe ich sie in diesem Moment nicht, erst ein paar Tage später, als ich meine Wohnung wieder verließ. Ich denke, es war einzig und allein der innere Überlebenstrieb, der mich heraus zwang, da ich sonst verdurstet oder bald verhungert wäre. Ich wusste nicht, wohin ich ging. Ursprünglich wollte ich zum Markt, doch als ich stehen blieb, stand ich vor Sophies Haus. Ich war zu schwach um wirklich aufzuschrecken, mich wundernd, wie ich dort hin gelangte. Ich konnte mich nicht daran erinnern und ich bin und war mir sicher, nicht in ihre Richtung gegangen zu sein.

Ich zögerte nicht lange, bis ich an Sophies Tür klopfte in Hoffnung, sie würde in ihrer Wohnung sein. Als sich die Tür öffnete, wusste ich im ersten

Moment nicht, was mich an sah. Ein klägliches Stück Trübsal, so schien es. Vor mir stand Sophie, blass, ausgemergelt mit strohigen Haaren und Ringe unter den Augen, die aussahen wie Blutergüsse. Sie sprach nicht, ging nur einen Schritt zurück, machte gerade genug Platz, damit ich an ihr vorbei gehen konnte. Sie schaffte es kaum mehr die Tür zu schließen, bevor sie schwach zu einem Esstisch humpelte, um mir ein Glas Wasser bereit zu stellen. Ich lief stets hinter ihr, meine Hände hinter ihrem Rücken aufgehalten in Angst, sie würde umfallen, obwohl ich sie auch nicht hätte fangen können. Sie ließ sich auf eine gepolsterte Bank unter einem Fenster am Tisch fallen und schaute leer und starr in den Raum hinein. Als ich mich neben ihr niederließ, fiel sie mir beinah entgegen. Reflexartig warf ich meine Arme um Sophie und versuchte sie zu halten, dabei fiel sie nicht. Sie war nicht ohnmächtig oder gar schlimmeres. Ihre Augen fixierten mein Gesicht. Minutenlang blickte sie in meine Augen, bevor sie wieder in die Leere starrte. Aber wenigstens legte sie eine Hand auf die meine und griff nach ihr. Es müssen Stunden gewesen sein, die wir wortlos und regungslos dort im matten Licht saßen, bevor Sophie mit zitternder und kaum hörbarer Stimme sprach, dass sie beobachtet wurde. Sie sagte, sie habe jemanden gesehen. Auf der Straße, am Fenster und als wir herkamen, erinnerte sie sich. Aber Angst hatte sie keine, flüsterte sie. Sie habe so viel gesehen, dass sie es sich sogar wünschte, es würde etwas schlimmes passieren. Ich konnte nichts anderes tun, als versteinert zuzuhören. Ihre Worte waren wie Dolche, die sich in meinen Verstand bohrten und schmerzten. Sie sagte noch viele Dinge, die ich gar nicht mehr wahr nahm. Erst ein Kuss auf ihre Wange, als ich sie fester an mich zog, brachte sie dazu zu schweigen. Lange geschah nichts, außer dass Sophie meine Hand hielt, sie drückte - fast zerdrückte.

Es fing gerade an zu dämmern, als Sophie sich erhob. Bei dem ersten Versuch aufzustehen, fiel sie wieder zurück. Ich half ihr sicheren Stand zu gewinnen und sie taumelte in Richtung Bett. Ich hätte gehen sollen, dachte ich mir im ersten Moment, doch ich entschied mich dazu, bei ihr zu bleiben. Langsam näherte ich mich ihr, falls es ein Zeichen war zu gehen, aber sie blieb ruhig, beobachtete mich sogar, wie ich mich näherte. Ich legte mich vorsichtig zu ihr ins Bett, und schloss Sophie in meine Arme. Ich weiß nicht, ob es meine oder ihre Tränen waren, die feucht an unseren Wangen verwischten. Ich erinnere mich nur daran, wie ich sie küsste und sie mich. Wir liebten uns für lange Zeit. Unsere Bewegungen, unser Atem, unsere Tränen, der Schweiß, alles war eins und wir waren nicht allein. Wenigstens fühlte ich so in diesem Moment;

wir teilten unser Leid, mehr noch als zuvor. Dieser Augenblick, unsere Zeit zusammen, schien unser beider Welten noch weiter zu zerreißen, doch gleichzeitig auch zusammenzuhalten. Es war ein Sinnenrausch, sie auf diese Art - nackt, entblößt - vor mir liegen zu sehen. Allein ihren warm-feuchten Atem in meine Lungen aufzunehmen, brachte mein Herz ins Stolpern.

Nach dem unsere Körper sich wieder von einander trennten, fiel das Einsam-sein auf uns zurück. Wir lagen noch Stunden wach aneinander, Haut an Haut, aber wir fühlten uns wieder allein, verloren. Ich stand morgens auf, gab Sophie einen sanften Kuss auf ihre Stirn und verließ das Haus. Sie hielt mich nicht einmal auf, sie blinzelte nur. Es war die einzige Reaktion an diesem Morgen, die von ihr kam. Ich fühlte mich schlecht, mein Gewissen plagte mich, als hätte ich sie benutzt, nur um ein Gefühl für eine kurze Zeit gegen ein anderes einzutauschen. Ich hasste mich. Aber vielleicht war es auch das einzig Richtige, zu gehen. Ich schaute mich auf der Straße um, als mir einfiel, dass Sophie dachte sie wurde beobachtet, doch ich sah nichts auffälliges. Das heißt, ich sah keinen Menschen, was mich vielleicht hätte warnen oder wundern sollen; so leer wie an diesem Morgen, waren die Straßen selbst bei schlechtem Wetter nicht. Ich war nur froh, dass es ruhig war, mein Kopf drohte zu zerbersten. Kaum in meiner Wohnung angekommen, klopfte es an meine Tür. Ich antwortete nicht und ging weiter zu meinem Badezimmer. Ein neues Pochen drang durch die Tür. Ich fragte, wer dort sei, aber ich bekam keine Antwort. Erst bei einem vierten, aggressiven Klopfen, entschloss ich mich zum Umdrehen. Ich öffnete die Tür, aber es stand niemand dort. Ich blickte umher, wartete ab, ob sich noch jemand zeigt, aber es blieb ruhig, daher schloss ich die Tür wieder, ohne weiter auf etwas zu achten. In dem Moment, in dem die Tür in sein Schloss fiel, eilte etwas auf mich zu und mir wurde schwarz vor Augen.

Epilog

Ich wachte in diesem kleinen Zimmer auf. Hier gibt es nichts, außer einem Tisch, auf dem ein paar Zettel und ein Stift lagen. Auf dem obersten Zettel stand „Arkham Sanitarium", also denke ich, ich bin im örtlichen Irrenhaus. Es gibt kein natürliches Licht, nur eine kleine, blass-rote Lampe an der Decke, die niemals aufhört zu leuchten, seit Tagen nicht. Ich kann nicht schlafen, nicht seit dem ich hier bin. Ich habe auch noch keinen Menschen gesehen, nur manchmal höre ich die Schritte derer, von denen ich Glaube, dass sie die Wächter sind und immer höre ich Schreie. Sie kommen aus den anderen Zellen. Ich habe oft versucht, nach Sophie zu rufen, aber ich bekam nie eine Antwort. Nur mehr Schreie hallten durch die winzige Öffnung am oberen Ende der Tür zurück. Ich hoffe immerzu, dass keiner der Schreie von ihr stammt. Ich habe diese Seiten in der Hoffnung geschrieben, dass niemand je die gleichen Fehler begeht wie ich. Ich denke nicht, dass ich jemals lebend hier heraus komme. Vor einigen Tagen begannen sie, die Menschen aus ihren Zellen zu holen, ohne dass neue gebracht wurden. Ich weiß weder, wo sie hingeführt werden, noch was mit ihnen passiert. Vor einigen Stunden haben sie den letzten geholt. Nun herrscht Stille. Das Kratzen meines Stiftes auf dem

Papier ist das einzige, was ich noch wirklich hören kann. Der Nachhall von Phillip und David liegt mir aber immer noch in den Ohren. Ich hoffe Sophie geht es gut und sie war nicht irgendwo hier, an diesem Ort. Ich hätte vielleicht bei ihr bleiben sollen, auch wenn sie ebenso wo ich in einer dieser Zellen aufgewacht wäre. Vielleicht ist sie es auch so oder vielleicht wären wir wenigstens gemeinsam in einer Zelle gefangen gewesen. Ich habe es ihr nie gesagt, aber sie war diejenige, die mich all die Zeit am Leben gehalten hat, die mir die Kraft gab zu kämpfen, all das zu überstehen. Ich höre Schritte in der Ferne. Ich bin mir sicher, bald werde ich Sophie wieder sehen. Die Schritte werden lauter. Ich habe Angst. Ich denke an sie. Sie sind gleich hier.

Ich liebe sie.

Sie kommen...

FSC
www.fsc.org
MIX
Papier | Fördert
gute Waldnutzung
FSC® C083411

Zeitfracht Medien GmbH
Ferdinand-Jühlke-Straße 7
99095 Erfurt, Deutschland
produktsicherheit@kolibri360.de